KB008493

산다는
이유
하나로

산다는 이유 하나로

1판 1쇄 발행 | 2019년 6월 20일

지은이 | 이동렬

발행인 | 이선우

펴낸곳 | 도서출판 선우미디어

등록 | 1997. 8. 7 제305-2014-000020

02643 서울시 동대문구 장한로12길 40, 101동 203호

☎ 2272-3351, 3352 팩스: 2272-5540

sunwoome@hanmail.net

값 13,000원

※ 잘못된 책은 바꿔 드립니다.

※ 저자와 협의하여 인지 생략합니다.

※ 이 도서의 국립중앙도서관 출판예정도서목록(CIP)은 서지정보유통지원시스템 홈페이지(http://seoji.nl.go.kr)와 국가자료공동목록시스템(http://www.nl.go.kr/kolisnet)에서 이용하실 수 있습니다.(CIP제어번호:CIP2019019774)

ISBN 978-89-5658-611-3 03810

산다는 이유 하나로

이동렬 에세이

선우미디어
sunwoomedia

책머리에

이 책의 제목 〈산다는 이유 하나로〉는 나의 멘토 백수(白水) 정완영의 시조전집에서 훔쳐온 것입니다. 이 책이 내 생애 마지막 산문집이 될 것 같은 예감이 듭니다. 그래서 이 책 맨 마지막에 이동렬 연보까지 넣었습니다.

나는 수필을 재미로 쓴다는 배짱 하나로 수필 이론과 원칙 같은 것은 깊이 생각해보질 않고 그저 내 신명나는 대로 마구 써 온 지가 30년이 넘었습니다.

내 생애 마지막 책이 된다는 말에 가장 놀랄 사람은 그 마음씨 고운 선우미디어의 이선우 사장일 겁니다. 이런 일이 있었습니다. 나의 이전 수필집 ≪꽃다발 한 아름을≫이 세종우수도서로 선정되었을 때 기분이 좋아 은행에 가서 새 지폐로 40만원을 봉투에 넣어가지고 이선우 사장께 내밀었습니다. 오랜만에 상이란 것을 거머쥐니 기분이 좋아서 "이런 좋은 책을 만들어 낸 출판사 사장께 조건 없이 재미로 드리는 선물이라며…." 그러나 이(李) 사장은 단호히 거절하였습니다. "돈으로 둘의 관계가 일그러지지 말자고 하면서(이 사장요, 돈이 아니라 정(情) 때문이라면 문제는 더 복잡하게 꼬이는데요….)"

세상에 아직도 이런 사람이 있는가 하는 생각이 들더군요. 옆에서 이 이야기를 지켜보던 어느 분이 "대한민국은 썩었는데 아직도 극소수 중에 이(李) 사장 같이 순정을 잃지 않은 분들이 있어서 그 덕에 우리나라가 아직까지 버텨나가고 있다"는 말을 보탰습니다. 잊을 수 없는 감격이요, 순정이요, 그야말로 멀리서 깜박이는 등댓불을 보며 항해를 하는 기분이었습니다.

이번에도 원고 교정은 토론토에서 이름난 콘도미니엄 〈World on Yonge〉에 사시는 강경옥 여사가 봐 주셨습니다. 돋보기를 껴야하는 불편한 노안(老眼)임에도 불구하고 항구여일, 지궁스럽게도 교정을 봐 주시니 너무 너무 고맙습니다. 강경옥 선생, 이제는 교정보아야 할 저의 책은 더 없을 터이니 안심하십시오.

2019년 6월

토론토 국제공항 옆 陶泉書廚에서

| **차례** |

책머리에 …… 4

01 옷이 날개다

꿈과 낭만의 종착역 …… 12
〈국군은 죽어서 말한다〉 …… 17
옷이 날개다 …… 21
산다는 이유 하나로 …… 26
〈전우야 잘 자라〉 …… 29
혼자 우는 뻐꾸기 …… 34
벌써 오월이 가나 …… 38
나 죽고 나서 …… 42
조천일기 …… 46
이태백과 정송강 …… 50

02 온천에 사는 물고기

시비(詩碑) …… 56
〈울고 넘는 박달재〉 …… 62
온천에 사는 물고기 …… 67
풍월(風月)바위 …… 71
가훈(家訓) …… 76
민들레 핀 들판 길을 걸으며 …… 82
동요 〈가을 밤〉 …… 86
단풍(丹楓) 단상 …… 91
함양 나들이 삼제(三題) …… 95
대상포진 …… 99

03 바람이 지나간 자리

보약(補藥) …… 104
바람이 지나간 자리 …… 109
속 좁은 딸깍발이 …… 113
제 눈에 안경 …… 117
격리와 고독 …… 121
꽃향기는 바람에 날리고 …… 126
외로움 …… 131
논쟁 …… 135
경로(敬老) …… 140
세월은 흘러가도 …… 144

04 충성과 효도

빨리빨리 문화 …… 150
내가 뽑은 성군(聖君) …… 154
자유 …… 159
사교술 …… 163
악처(惡妻)와 양처(良妻) …… 167
어느 제왕의 죽음 …… 171
충성과 효도 …… 175
박근혜의 재판 …… 179

05 충신인가 역신인가

〈님을 위한 행진곡〉 …… 186
충신(忠臣)인가 역신(逆臣)인가? …… 191
호가호위(狐假虎威) …… 195
노인과 말(馬) …… 199
남자와 여자 …… 204
대통령과 셀리그먼의 개(犬) …… 208
나라사랑 …… 212
자유놀이 …… 216
일과 놀이 …… 220
사라지는 상식 …… 224

06 무정세월 한 오리를

세상에는 있다고 보면 있고 없다고 보면 없다 …… 230
오래오래 삽시다 …… 232
만사야 한바탕 웃음거리지 …… 234
무정세월 한 오리를 …… 237
닭이 가고 개가 온다 …… 240
해송(海松) …… 243
오래 산다는 것 …… 247
정(情)을 먹고 살다 …… 251
자리다툼 …… 255
나의 귀거래사(歸去來辭) …… 260

연보 …… 264

제1부

옷이 날개다

꿈과 낭만의 종착역

한국 E여자대학교 교수로 오라는 발령장이 오자 나는 무척 마음이 들떠서 주위 사람들에게 "E여대로 가게 되었다."고 자랑삼아 떠들고 다녔습니다. 나는 성격이 꽁한 편은 아닌 바지저고리여서 내가 취업원서를 낸 대학에서 면접을 보러 오라는 통지라도 오면 고만 흥분해서 그 대학에서 발령장이나 온 것처럼 야단법석을 떨곤 했지요. 선을 보고나서 딱지를 맞은 경우가 대부분이지만, 마음속에 묻어두고 있지는 못하는 내 성격 탓에 헛말로 끝나고만 적이 한두 번이 아닙니다.

E여대에 가기로 되었다고 했더니 "네 3대 소원의 하나가 성취되어 좋겠구나."라며 껄껄 웃는 대학 동창들도 있었습니다. 나는 그런 말을 한 기억이 없는데 젊은 시절에 E여대 강단에 서 보는 것이 나의 3대 소원의 하나라고 떠들고 다녔던 모양이지요. 나머지 소원 2가지는 무엇이었는지 생각이 나질 않습니다. '

E여대는 한국 여성 고등교육 기관으로서는 단연코 한국 제일의

요람, 이 명예의 전당에서 발령장이 오려거든 청춘 시절에 올 것이지 왜 내 인생 저물어가기 시작하는 쉰아홉 나이에 온단 말입니까! 좌우간 정교수 자리까지 주며 모셔간다니 낙동강에서 물고기나 잡고 헤엄치며 놀던 소년에게는 더 없는 영광이라고 생각했습니다. '모셔간단'말은 내가 스스로 갖다 붙인 말이지 E여대 측에서 쓴 말은 아니지요. 좌우간 은퇴가 가까워오는 나이에 오라는 것은 큰 영광이라 생각하며 열심히 이사 준비를 했습니다.

E여대는 과연 E여대였습니다. 캠퍼스는 하루 종일 맑고 밝고 명랑한 학생들로 붐볐습니다. 모두 자신에 찬 표정들이었지요. 이렇게 아름다운 캠퍼스에서 하루 종일 명석한 두뇌를 가진 학생들과 함께 시간을 보낼 수 있다는 게 축복치고는 큰 축복이라 아니할 수 없었습니다.

E여대에 있던 6년 반 동안 내가 학생들에게 부지런히 강의한 내용은 결코 학점만을 위해 사는 대학생은 되지 말라는 부탁이었습니다. 꿈과 낭만이 있는 대학 생활을 해보라는 것. 젊음이 좋다는 것은 그것이 무한한 가능성을 가질 수 있기 때문이라는 말을 '믿쉼다(믿습니다)'라는 말만 되풀이 하는 어느 광신도처럼 저는 듣는 귀가 헐 정도로 많이 했습니다. 친구와 깊은 우정을 맺고 사회봉사활동, 동아리, 독서클럽에도 참가해 보고 여행을 떠나 산과 들, 강 언덕과 바닷가를 거닐어 보기도 하고, 뜬 눈으로 밤을 새워보기도 하고- 이 세상에 태어나서 젊은 시절에 해보고 싶은 것은 다 해보라고 했습니다. 나 자신 한 번도 해보지 않은 것들도

많았지마는 나는 이미 다 해본 것처럼 마구 떠들어댔습니다. 학점이 인생의 전부가 아니니 인생을 학점에만 걸지 말라고 할 때는 학생들의 얼굴이 발그스레 상기된 것 같은 느낌이 들었습니다. 어쩌면 그렇게도 자기의 속마음에 꼭 드는 말만 하느냐는 말이지요. 우리가 왜 저런 (훌륭한) 교수를 진작 모셔오지 않았느냐는 표정들이 역력했습니다. 이럴 때면 내 기분도 구름 위를 두둥실 떠다니는 것 같았지요.

그러나 내 이 모든 설교랄까 충고가 헛말, 아니면 위선으로 판명될 때가 곧 오고 말지요. 바로 기말고사가 끝났거나 대학원 입학심의가 시작될 때입니다. 기말고사 학점이 신통치 않은 학생들은 내 연구실에 잠깐 들르라 해서 무슨 개인적인 문제라도 있는지 알아봐야 합니다. 그런데 하루는 학생 한 녀석이 다음과 같은 말로 내 '설교'를 통째로 뒤엎어 버리는 말을 쏟아내는게 아닙니까. 구체적으로 주고받은 말의 내용은 잊어버렸으나 대충 다음과 같은 줄거리였던 것 같습니다.

선생님께서 하도 꿈 많은 대학생활, 낭만이 있는 대학생활 하시길래 혼자 여행이나 가볼까 해서 돈을 마련하려고 아르바이트를 열심히 했어요. 그래서 여행도 많이 가보고 혼자 생각도 많이 했는데… 이제 와서 생각해보니 아까운 시간을 그렇게 보낸 게 몹시 후회가 되네요… 공부만 했어야 했는데….

녀석은 은근히 자기 학점이 이 꼴이 된 것은 나의 '학점이 인생의 전부가 아니다'는 설교 때문이라고 나를 나무라고 있는 게 아닙니까. 나는 할 말을 잃고 말았습니다. 뭐라고 대답해야 합니까? 여행이 중요한 것은 아니니 그런 유혹에 귀가 솔깃해 하지 말고 공부나 열심히 하라고 해야겠습니까? 아니면 학점은 그다지 중요한 게 아니니 네가 살던 방식대로 살아가라고 합니까? 이러지도 저러지도 못하는 호브손의 선택(Hobson's choice), 나로서는 가만히 있을 수밖에 없었습니다.

대학원에 입학하는 데는 얼마나 꿈이 있는 대학생활을 보냈느냐, 얼마나 낭만적인 대학생활을 보냈느냐는 전혀 고려가 되질 않습니다. 학점이 얼마였느냐가 제일 중요합니다. 오로지 성적, 성적만으로 모든 것이 결정되는 우리 사회의 문제를 누가 감히 강아지 보름달 보듯이 아무런 생각 없이 대하라 할 수 있겠습니까. 학교 성적이 한국 사회에 비해서 훨씬 더 가볍게 다루어지는 사회는 많습니다. 미국이나 캐나다는 우리네와는 다르지요. 예로, 미국 대통령 후보로 나왔던 죤 맥케인(J. MacCain)은 미국 해군사관학교를 졸업할 때 졸업성적이 899명 중 끝에서 4번째인 896등이었다지 않습니까.

동해안 어느 이름 모를 바닷가를 거닐다가 낮은 학점을 받게 되어 내게 불려온 그 학생은 속으로 "이동렬 선생은 참 앞뒤가 안맞는 말만 하고 다니는 사람이야. 우리들한테 공부가 인생의 전부가 아니다, 낭만을 가져라, 온갖 달콤한 말을 다 해 놓고는 나보고 왜 이렇게 공부를 게을리 했느냐고 야단이니 앞뒤가 안 맞는 사람이지 뭐야….” 한참 침묵의 시간이 흐르고 난 뒤에야 나온 내 대답은 그야말로 초점이 없는 흐리멍덩한 대답에 지나지 않았습니다. “그래, 내 말 때문에 그렇게 되었다니 미안하다. 내가 살고픈 이상향과 우리가 처한 현실 간에 너무 차이가 큰 데서 오는 비극이지. 세월이 흘러서 네가 내 나이가 되면 그 쓸쓸한 바닷가를 혼자 거닐던 것이 네 인생에 더없이 소중한 추억이 될지도 몰라”

5·60년의 세월이 흐르고 이 학생은 그 옛날 학창시절을 회상할 때가 있을 것입니다. 멋모르고 남의 말을 곧이곧대로 믿었다가 자기 인생에 오점만 남겼다는 뼈저린 후회를 할지, 아니면 그 시절 거닐었던 동해 바닷가의 추억을 되새기고 있을지 나는 모릅니다. 꿈과 낭만의 종착역은 어디일까요?

(2016. 8.)

〈국군은 죽어서 말한다〉

6·25전쟁의 포성이 날로 커지던 때 나는 경상북도 안동에서 중학교를 다녔습니다. 국어 시간에 당시 시문학 분야에서 이름을 날리던 M여사의 시(詩) 〈국군은 죽어서 말한다〉를 배웠습니다. 지금도 그렇게 생각하지만 이 시를 처음 대할 때 무척 감동적인 애국시라고 생각했지요. 옆에 총이라도 한 자루 놓여 있었더라면 나도 집어 들고 당장 전선으로 달려갈 정도로 용감하고 씩씩한 기상을 불어넣는 시(詩)라고 할까요. "…아 그대는 자랑스런 대한민국의 육군 소위였구나…"라는 대목을 소리 내어 읽던 생각이 납니다. 육군 소위였는지 대위였는지는 분명치 않으나 이 시(詩)는 감격스런 시어를 써 가며 장엄한 기운을 내뿜는 그런 시였습니다. 전쟁이 끝나고 내가 안동을 떠나 여기저기 떠돌아다니는 사이 30년 세월이 흘렀습니다. 그 사이에 내가 좋아하던 〈국군은 죽어서 말한다〉도 교과서에서 빠져버린 것으로 알고 있습니다.

대구대학교 방문 교수로 한국을 드나들던 시절에 서울에서 금아(琴兒) 피천득 선생을 뵈었습니다. 금아 선생은 친구 아버지가 되는 관계로 우리 부부에게 언제나 따뜻하게 대해주셨지요. 이런 저런 얘기 끝에 내가 중학교 때 〈국군은 죽어서 말한다〉를 좋아했고 그 시를 쓴 M시인도 존경한다고 했더니 피선생은 혼잣말로 "그까짓 다른 나라에서 베껴 온 것이 좋긴 뭘 좋아!" 하시기에 속으로 무척 뜨악한 생각이 들었습니다. 나는 어느 나라 누구의 시를 베껴왔는지에 대해서는 여쭈어보지 않았습니다.

다른 나라 시인의 것을 베껴 와서 자기 것인 양 행세했다면 요새 말로 하면 표절했다는 말이 아니겠습니까. 표절한 시(詩)를 두고 그렇게도 좋아하고 그 시의 저자를 존경해왔으니—. 그런데 조선의 한시(漢詩)를 보면 중국 유명 시인의 시를 베껴왔다는 생각을 아니 할래야 아니 할 수 없는 시(詩)들이 수두룩합니다. 얼마나 독특한 개성있는 자기의 시를 쓰느냐 보다 얼마나 중국의 대문호들과 비슷한 시(詩)를 쓰느냐에 더 큰 무게를 둔 것 같은 생각이 들 정도입니다. 조선 시인들이 중국의 한시를 몰래 훔쳤다기보다는 중국 대문호의 시를 본받아 비슷한 작품을 써 보려고 한 것으로 봐줄 수가 있다면 표절과 모방의 차이는 더 좁혀지지 않을까하는 엉뚱한 생각도 듭니다.

밴쿠버 유학시절에 푼돈을 벌어보려고 캠퍼스 안에 있는 어느 유료 정원에서 문지기를 한 적이 있습니다. K형의 도움으로 이 직장을 얻었습니다.

K형은 한국에서 해군사관학교를 졸업하고 음악에 대한 열정을

이기지 못해 내가 공부하던 대학교 음대에 1학년부터 시작한, 나보다 서너 살 위의 음악학도. 하루는 그가 내게 재미있는 이야기를 하나 들려주었습니다. 즉 작곡 시간에 작곡 과제 마감 기일은 다가오는데 악상(樂想)이 떠오르지 않고 걱정만 늘어가기에 우리나라 여명기의 작곡가 홍난파의 〈고향의 봄〉을 슬쩍 자기 작품으로 제출했다고 합니다. 그런데 하루는 교수가 K형을 부르더니 "너는 왜 이렇게 옛날식의 작곡을 하느냐?"고 물어서 혼이 난 적이 있다는 얘기입니다.

나도 남의 글을 베껴 와서 내 것인 양 행세 한 적이 한두 번이 아닙니다. 그러나 내 도둑질은 한 번도 들키지 않고 무사히 넘어갔습니다. 하나님이 나를 정말로 사랑하시나 봐요. 중학교 때였습니다. 교내 웅변대회에 나가려고 연설문을 쓰는데 도서관에 가서 세계 명 연설집을 빌려와서 군데군데 적당히 베껴서 짜깁기를 했습니다. 웅변대회 날, 나는 짜깁기한 원고를 들고 용감하게 단상에 올라갔습니다. 내 용기는 거기까지. 전교생 앞에 서니 겨울 교복을 입고 운동장을 가득 메운 학생들이 파도처럼 일렁거리는 게 아닙니까. 겁에 질려서 그런지 도대체 입이 열리지 않았습니다. 끼룩끼룩 괴상한 소리만 몇 마디 지르다가 단상에서 내려오고 말았지요. 전교생들이 까르르 웃는 웃음소리가 가을 하늘을 메우던 것을 생각하면 지금도 혈압이 오르는 것 같습니다.

"… 무절제 허위방탕, 이것이 오천 년을 이어온 배달겨레의 …" 하는 대목에 가서 책상을 한 번 '쾅' 내리치고 내려왔으면 속이라도 후련했을 텐데 사내가 말 한마디 제대로 못하고 끼룩끼룩이 뭡니까!

나는 이런 생각도 해봅니다. 그때 내가 짜깁기를 한 원고로 학생들의 요란한 박수와 함께 상(賞)이라도 하나 받았더라면 다음에는 더 큰 표절행위를 저지르고 말았을 것이라는 생각. 바늘 도둑이 소 도둑 되는 데는 그다지 오랜 세월이 걸리는 것은 아니라고 생각합니다.

남의 것을 훔쳐 와서 자기 것인 양 남에게 내보일 때는 그 훔쳐온 작품에 대한 선망이나 존경심이 있다는 것은 의심할 여지가 없습니다. 이렇게 선망이니 존경심이니 하는 말을 하니 "나도 표절을 해도 괜찮겠구나"라는 생각을 해 볼 수 있겠으나 천만의 말씀. 그것은 마치 살인이 여기저기서 일어나고, 점잖게 보이던 옆집 아저씨가 살인혐의로 경찰에 불려가는 것을 보고 "나도 살인을 해도 괜찮겠구나" 하는 것과 마찬가지로 대단히 어리석은 생각입니다.

〈국군은 죽어서 말한다〉가 표절이든 아니든 나와는 별 상관없는 일입니다. 전쟁의 포화가 날로 뜨거워지던 1952년에 12살 나이의 소년을 감동시켰던 이 시(詩)는 64년의 세월을 견뎌냈습니다. 그 시를 처음 읽던 때의 감격은 이 시를 읽고 난 후 65년을 더 살아온 이 늙은이의 기억 속에 만고불변의 화석으로 남아 있습니다. 그 이름 없는 골짜기에 쓰러져 숨을 거둔 병사가 바라던 평화도 이 땅에는 아직 찾아오질 않고 있습니다.

옷이 날개다

'사람은 옷을 잘 입고 다녀야 하느니라.' '옷이 날개다' 이런 말은 어릴 때부터 수없이 들어온 경고다. 이 경고를 무시하고 날개를 허술하게 달고 나갔다가 홀대를 받은 이야기 몇 토막.

제 1화. 한국 E여대에 나가 있을 때 은퇴가 가까워 오는 어느 날이었다. 나 혼자서 청바지에 운동화 차림으로 인사동엘 나갔다. 인사동은 작은 동네지만 아직도 서울 옛 모습이 다른 동네보다는 많이 남아 있는 곳. 그래서 나는 조계사 근처와 파고다공원 인사동 골목길을 쏘다니는 것을 무척 좋아했다. 100개가 넘는 화랑이 어깨를 맞대고 있는 인사동 골목. 그 날 미술전시회가 열리는 화랑만 해도 10개는 넘었지 싶다.

나는 발길 닿는 대로 이 화랑 저 화랑을 돌아다녔다. 어느 서예전시회가 열리는 큰 화랑에 들어갔다. 그 전시회에 작품을 내는 회원들이 부유한 사람들인지 전시장 치장이 여간 사치스러운 게 아니었다. 나는 지나치게 화려하게 꾸며놓은 전시회에 오면 '이런 사람들은 예술 전시회를 하나의 패션쇼(fashion show)로 생각하는구나'는 생각이 들어 공연히 불쾌해진다.

그런데 어떤 작가가 남명 조식의 시구를 써 놓은 것을 보니 남명의 '명'자를 잘못 쓴 것이 눈에 띄었다. 어두울 명(冥)자를 써야 할 것을 '바다 명(溟)' 자로 써 논 것이다. 그 전시회에 출품 작가인 듯 가슴에 큰 꽃을 달고 있는 사람에게 남명의 명자가 잘못되었다는 지적을 해주었다. 설명은 간단했다. 남명의 명은 바다 명(溟)이 아니고 어두울 명(冥)자라고. 내 설명을 들은 작가는 내 아래위를 유심히 훑어보더니 '네까짓 게 뭘 안다고' 하는 표정으로 "틀린 데가 없습니다."라는 말을 하는 게 아닌가. 나를 경멸하는 태도가 너무나 뚜렷하였다. 내가 남명의 15대손 J교수가 준 〈남명집〉을 가지고 있는데 거기에 그렇게 적혀있다 해도 막무가내로 "틀린 데가 없다."는 고집이었다. 이런 결정적인 훅(hook)을 한방 날렸는데도 끄떡 않는 상대를 내가 어떻게 당하겠는가. 돌아서서 혼자 입에 담을 수 없는 욕을 지껄이며 화랑을 나오고 말았다.

경북 안동시에 있는 민속박물관에 들렀을 때다. 안동은 내 고향, 구태여 뽑스리고 갈 이유가 어디 있나. 운동화에다 청바지 차림으로 돌아다녔다. 박물관 어느 기둥에 천자문 글귀를 적어놨는데 보니 '忠則盡命이요 孝當竭力이라'(충즉진명이요 효당갈력 : 충성은 곧 목숨을 다하는 것이요, 효도는 마땅히 힘을 다하는 것이다.)고 적힌 주련(柱聯)이 눈에 띄었다. 내가 알기로는 천자문에 나오는 순서는 효당갈력이요 충즉진명이지 충즉진명이요 효당갈력은 아닌 것으로 안다. 있어야 할 내용은 다 있는데 구태여 어느 것이 먼저인지 따져서 무엇하랴만 천자문에 나오는 순서로 말하면 효당갈력이 먼저 적혀있다는 말이다. 이 말을 들은 직원은 나를 아래위로 훑어보더니 시큰둥한 표정으로 "네" "네" 하면서 '어서 빨리 네 갈 길이나 가라'는 표정이 역력했다. 민속 박물관을 나올 때 마침 가지고 다니던 내 수필집 한 권이 있길래 그 청년을 주고 그 자리를 떴다.

캐나다에 돌아온 지 며칠 안 되어 내게 전자우편으로 편지 한 통이 왔다. 민속박물관에서 일하던 그 젊은이가 보낸 것이다.

"… 대선배님을 몰라봬서 죄송합니다. … 사실 저도 수필을 쓰는 사람으로 경북 문단에…"

자기가 수필 쓰는 사람이니 내가 대선배가 된다는 말이다. 그냥 보통 선배가 아닌 대선배라, 허허. 아무튼 민속박물관에서 일어난 일화도 이 대선배님께서 허술한 날개를 달고 가셨던 것이 탈이었다는 생각은 아직까지 변함이 없다.

옷차림 이야기가 나온 김에 허술한 차림으로 있다가 내 아버님, 어머님한테 홀대를 당한 얘기를 해야겠다. 내가 학위를 받고 얻은 첫 직장은 밴쿠버에서 600km쯤 떨어진 넬슨이라는 작은 도시에 있는 4년제 대학이었다. 교수로 발령이 나자마자 나는 한국에 계신 아버님 내외분을 캐나다에 방문 초청을 했다. 김포공항에서 작별을 한 후 5년 만에 찾아온 만남이었다. 그때 공항에 마중 나온 사람은 나 이외에 우리와 가깝게 지내던 나의 6년 선배 C교수

한 분밖에 없었다. 내가 공부하던 대학에 수학교수로 있던 C씨는 당시의 유행 따라 머리를 어깨까지 늘어뜨린 장발족으로 몸치장에는 별로 신경을 쓰지 않는 분이었다. C교수를 인사시켰더니 아버님께서 본척만척, 내가 민망할 정도로 C교수를 홀대하는 것이 아닌가.

아내와 아이들이 있는 넬슨으로 돌아오는 길에 모텔에서 하룻밤을 묵게 되었다. 밤중에 잠이 깼는데 내외분이 두런두런 이야기를 나누고 계셨다. 그 옛날 어릴적 내 생가에서 밤이면 자주 있었던 그 그리운 풍경! 자세한 말꼬리는 잊어버렸으나 대략 내용은 다음과 같았다.

아버지 : 동렬이 자가 직장도 없는 모양일세, 해가지고 다니는 꼴 좀 보소. 그리고 동렬이가 아까 공항에서 수학교수라고 소개하던 그 녀석. 그게 무슨 교수야, 지게꾼이지. 아마 우리가 온다니까 이거 큰일났다 싶어 자기 친구한데 네가 대학 교수라 하라고 부탁한 모양인데…

어머니 : 동렬이 자동차 꼴 좀 보소. 그게 어찌 직장 가진 사람의 차인가요. 그 수학교수인지 뭔지 하는 사람은 이발할 돈도 없는 가난뱅이던데요 뭘….

나는 잠깐 사이에 직업도 없는 실업자가 되어버렸고 죄 없는 수학교수 C씨는 이발할 돈도 없는 극빈자가 되고 말았다. 옷이 날개란 말은 외화내빈(外華內貧)이란 말과 통한다. 겉으로는 번드

르르하지만 속으로 한없이 궁색하다는 말이다. 그럼 나 같은 사람에게 어울리는 말은 무엇일까? 외빈내빈(外貧內貧)이라면 나를 너무 깎아내리는 말일까.

산다는 이유 하나로

2017년 가을 캐나다 앨버타 주의 수도 에드먼턴 교외에서 주유소를 하며 가족들은 에드먼턴 시에 두고 자기는 매 주말 가족 방문을 하며 주유소 사업을 하던 교민 한 사람이 뜻하지 않은 사고로 목숨을 잃었습니다. 자동차 가스를 넣으며 돈을 내지 않고 달아나려는 불량배들을 몸으로 막으려다 이들 불량배들이 자동차를 몰고 달아나는 바람에 차에 치여 목숨을 잃고만 것이지요. 쉰네 살 나이. 그날은 가게에서 일을 도와주는 보조 점원도 없이 혼자 일하고 있었다고 합니다. 자녀들도 다 컸고 모든 것이 안정되어 인생의 단맛을 맛볼 나이에 가스 값 몇 푼에 목숨을 잃은 것이 너무나 애처롭고 안타깝습니다.

한국의 유명가수 K씨의 부인 S씨는 자살을 한 것으로 알려진 자기 남편을 자신이 죽였다는 소문이 나돌아 이것이 사실이다, 아니다로 갈려서 말들이 많습니다. S씨는 오늘도 자기 남편의 자살과 자기와는 아무 관계가 없다는 해명을 하기에 바쁩니다. 나

같은 사람은 이 말 들으면 이 말이, 저 말 들으면 저 말이 옳다고 생각되니 도대체 어느 주장이 옳다는 말인지 갈피를 잡을 수가 없네요. 여하튼 한창 이름을 날리던 중에 K씨는 저 세상으로 가고 말았습니다.

나이를 먹어가면서 세상 살아가는 신음소리가 점점 크게 들려옵니다. 나는 "왜 사느냐?" 같은 질문을 던져 본 적은 거의 없습니다. 생각해본들 무슨 신통한 대답이 나오는 것은 아니지 않습니까. 독일 베를린 대학교 총장을 지냈던 철학자 마틴 하이데거 같은 양반이야 삶에 대해서 이렇다 저렇다 말이 많겠지요. 그러나 나 같은 무명초야 바보스러울 정도로 이런 사변적인 문제에는 고개를 돌립니다.

산다는 이유 하나로 한 달에 꼭 한 번은 교회에 갑니다. 하루는 교회에 갔더니 영상 자막에 "산다는 것은 그 자체가 은혜이다. 이것을 아는 것이 감사이고 그럴 때 우리의 삶은 더욱 풍성해진다."는 경구가 떠 있었습니다. 나는 솔직히 이런 구절보다는 〈백범일지〉에 나오는 구절 "한 걸음 물러나 세상을 보니 꿈속의 일만 같구나(却來觀世間, 猶如夢中事)."같은 말에 훨씬 더 공감을 느낍니다. 어머님이 자주 하시는 말씀, "인생은 어느 봄날의 긴 꿈과 같은 것(人生一場春夢)."이라는 글귀와 비슷하지요.

"축복에 쌓인 삶을 살게 해 주소서"라고 하는 기도에도 별 공감이 가질 않습니다. 한국에서 교계의 거목이라고 알려진 C목사, 한 주에 몇 천만, 몇 억대에 이르는 돈이 헌금으로 들어온다는 교회의 목사가 몇 십억 대의 집에 살면서 세금은 한 푼도 내지 않는다는 기사를 읽었을 때 그 유명 목사의 양심이랄까 도덕, 수치심이 내 양심이나 도덕 수치심과 다른 게 뭘까 하는 생각이 듭니다. 그런데도 거물 C목사는 무슨 복잡한 이유와 변명을 그리도 막힘없이, 청산유수로 둘러대는지요, "예수를 잘못 믿으면 저렇게 되고 마는구나."라는 생각을 아니할래야 아니 할 수가 없습니다.

아아, 온갖 비리, 온갖 부도덕한 행위, 미움과 질투, 사랑과 욕정, 거짓말, 자랑, 허세와 과시, 이 모든 것이 산다는 이유 하나에서 생겨난 것이 아니겠습니까. 그러니 이것들이 곧 삶이요 삶이 곧 이것들이라고 C목사는 속으로는 합리화했겠지요. 사는 게 별 것 아니라는 생각이 들다가도 C목사 같은 양반이 저지르고 다니는 소행을 보면 나는 살아도 "저렇게 살지는 말아야지" 하는 내 주위에 마음의 노란색 수사선을 둘러칩니다.

지금부터 백십오 년 전에 태어나서 서른두 해를 세상풍파에 시달리다 저 세상으로 간 민요적 서정 시인이요, 우리말의 아름다움을 발견한 김소월 시 〈낙천(樂天)〉이 생각나서 여기에 옮겨와 이 글의 끝을 맺습니다.

> 살기에 이러한 세상이라고
> 맘을 그렇게나 먹어야지
> 살기에 이러한 세상이라고
> 꽃 피고 잎 진 자리에 바람이 분다

(2018. 9.)

〈전우야 잘 자라〉

6·25전쟁이 터진지가 어느덧 65년의 세월이 흘렀다. 당시 열 살 소년이었던 나는 올해로 일흔 다섯을 넘어섰다. 유수 같은 세월—. 6·25는 나와 아내의 인생에 가장 큰 영향을 미친 사건. 나는 형님과 삼촌 셋을 잃어버렸고 아내는 사랑하는 아빠를 잃어버렸다. 장모님은 당신이 26살 때 이북으로 간 남편을 48년이나 기다리시다가 얼굴 한 번 다시 못 보시고 캐나다에서 이 세상을 하직하는 눈을 감았다. 6·25 후 양쪽 집 가세는 참혹할 정도로 기울어지고 말았다.

해마다 찾아오는 6·25건만 내 감회는 남다르다. 6·25전쟁이 시작되던 해 나는 서울에서 초등학교 4학년에, 아내는 2학년에 다니고 있었다. 우리는 먹을 것이나 입을 것으로 고생하지는 않았으니 불행 중 다행이라 해야겠다. 고생이라고는 형님과 같이 하루 종일(그것도 단 하루) 동네 어느 건물 앞에 앉아 담배를 팔던 것이 6·25로 인한 내 '고생'의 전부다.

서울에서 안동까지 500리 길을 걸어오던 기억도 해가 갈수록 희미해진다. 자동차가 다니는 길로 걸어가다가 길가 나무에 붙은 매미도 잡고 인민군 부대도 만났다. 동행하는 어른들의 심기를 좀 불편하게 해드렸을 작은 '사고'는 있었지만 나는 나름대로 재미를 보며 고향 안동까지 왔다. 제트기가 하늘 저쪽에서 불쑥 나타나면 겁이 나서 다리 밑으로 뛰어가서 숨었으니 이런 바보가 세상에 또 어디 있을까. 비행기가 공격하면 다리 같은 시설물부터 폭파할 텐데 그 밑에 가서 숨었으니. 지금 생각하면 바보짓에 빙그레 웃음이 나온다.

고향에 돌아와서는 청고개를 넘나들며 예안면 소재지에 있는 예안국민학교를 다녔다. 노래라고는 〈전우여 잘 자라〉 〈무찌르자 오랑캐〉 〈6·25 노래〉 등 용감무쌍한 군가가 대부분이었다. 아침마다 운동장에서 전교생들이 모여 교장선생님 말씀을 듣고 교실로 돌아갈 때는 어김없이 한 줄로 서서 군가에 발을 맞춰 씩씩하게 걸어갔다. 어린이들의 꿈을 간직해주고 고운 마음씨를 길러주는 부드러운 노래도 있겠지만 그런 노래는 외면하였다. 우리가 빨리 자라서 일선에 가서 오랑캐들과 싸울 수 있는 용감한 군인을 만드는 것이 더 급했던 모양. 중학교 때는 〈굳세어라 금순아> 〈이별의 부산 정거장〉, 〈님 계신 전선〉 따위의 유행가들이 우리의 정서 교육을 대신한다는 소리를 들을 만큼 당시 유행하던 대중가요를 입에 달고 살았다. 음악시간에 정식으로 배운 것이라기보다는 남에게서 듣고 배운 것이다. 음정, 박자 모두가 제멋대로였다.

〈전우여 잘 자라〉는 그 시절에도 퍽 아름다운 노래라는 생각이 들었다. 이 노래는 모두 4절로 짜여 있는데 제 1절은 〈비 내리는 고모령〉으로 유명한 박시춘이 노랫말을 쓰고 또 작곡을 하고 2, 3, 4절 노랫말은 〈신라의 달밤〉의 작사자 유호가 더 만들어 붙인 것이다.

전우의 시체를 넘고 넘어 앞으로 앞으로
낙동강아 흐르거라 우리는 전진한다
원한이야 피에 맺힌 적군을 무찌르고서
꽃잎처럼 떨어져간 전우야 잘 자라

우거진 수풀을 헤치면서 앞으로 앞으로
추풍령아 잘 있거라 우리는 돌진한다
달빛어린 고개에서 마지막 나누어 먹던
화랑담배 연기 속에 사라진 전우야

고지를 넘어서 물을 건너 앞으로 앞으로
우리들이 가는 곳엔 삼팔선 무너진다
흙이 묻은 철갑모를 손으로 어루만지니
떠오른다 네 얼굴이 꽃같이 별같이

터지는 포탄을 무릅쓰고 앞으로 앞으로

한강수야 잘 있느냐 우리는 돌아왔다
들국화도 송이송이 피어나 반기어 주는
노들강변 언덕 위에 잠들은 전우야

이 많은 양의 노랫말을 여기다 옮긴 이유는 이 노래의 1절부터 4절까지를 정확히 알고 있는 사람은 극히 드물 것이라는 생각이 들었기 때문이다. 세월이 가면서 우리의 기억도 마멸되는 법. 2절 가사의 꽁무니와 3절 가사의 꽁무니가 서로 뒤바뀌고 헝클어져서 기억을 바로 못하는 사람들이 많다.

"6·25 비극의 희생자들이여 우리 모두 이 노래를 기억하자!"는 나의 '고매'한 취지에서 노랫말 전부를 여기에 옮겨 적는 실례를 저질렀다.

〈전우여 잘 자라〉는 여느 군가와는 달리 노랫말이 무척 낭만적이고 가락도 슬픔을 머금고 있다. 예로, "달빛 어린 고개에서 마지막 나누어 먹던 화랑 담배 연기 속에 사라진 전우야"같은 것은 퍽 애달프고도 멋있는 노랫말이라고 생각한다. 나는 6·25가 터지던 시절을 회상하면 〈전우야 잘 자라〉가 생각나고 이 노래를 생각하면 〈굳세어라 금순아〉 〈전선야곡〉 〈이별의 부산정거장〉 같은 다른 6·25와 관련된 노래가 쏟아져 나온다.

내 서재에는 6·25 전쟁에 관련된 두툼한 사진첩 4권이 꽂혀있다. 나는 식료품 쇼핑을 가면 아내가 쇼핑하는 동안 쇼핑센터 안에 있는 도서관에 가서 커피 한 잔을 앞에 놓고 사진첩을 뒤적인

다. 처음 볼 때는 여러 가지 장면, 이를테면 전쟁 고아들이 울고 있는 장면이나 양민을 총살하는 장면들을 볼 때는 눈물이 핑 돌았다. 그러나 그것도 자주 들여다보니 눈물은커녕 한숨도 없이 그냥 들여다본다. 마치 죽어 가는 환자를 수 없이 지켜본 의사가 또 하나의 죽음을 지켜보는 것과 같이 태도나 기색에 흔들림이 없이 예사롭게 책장을 넘긴다.

하루는 KBS 〈가요무대〉가 6·25 특집을 녹화한 것을 보다가 가수 4명이 나와서 〈전우야 잘 자라〉를 부르는 것이 눈에 띄었다. 바로 그 순간 내 마음은 시공(時空)을 넘어 까마득한 66년 전으로 돌아갔다. 더 감격스러웠던 것은 청중 중에 간혹 눈에 뜨이는 6·25 참전 용사들이었다. 이제는 모두가 80고개를 넘은 황혼, 가슴에 빽빽이 달린 훈장들이 무거울 정도로 기운이 쇠잔해진 노인들. 66년 전, 스무 살 청춘에 이 노래를 부르면서 기운차게 박자를 맞추어 흔들던 팔도 이제는 애꿎은 힘줄만 두드러질 뿐일 것이다.

(2016. 6.)

혼자 우는 뻐꾸기

내년 2019년 내 음악회 때는 무슨 노래를 부를까? 세광 음악 출판사에서 펴낸 상·하로 된 〈한국가곡 200곡 선〉을 앞에 두고 이리저리 뒤적이는데 "나는 수풀 우거진 청산에 살리라. 나의 마음 푸르러 청산에 살리라"로 시작되는 김연준 작사 작곡의 〈청산에 살리라〉는 노래가 눈에 띄었다. 이 노래의 노랫말이 무척 마음에 들었던지 내가 E여대에 있을 때 아내는 안동 출향 인사들의 서예 전시회에 이 노래의 맨 첫 구절을 한글 궁체로 써서 출품한 적이 있었다.

〈청산에 살리라〉의 인기는 가히 폭발적이다. 이 노래가 빠진 음악회가 있을까. 이 노래를 부를 때는 모두가 청산 속에 파묻혀 살면 세상 번뇌와 시름을 말끔히 잊을 수가 있을 거라 생각하는지 노래를 부르는 표정이 무척 진지하고 애절하다.

꼭 그런 것은 아니지만 서울 같은 큰 도시에 살면 재물, 명예를 쫓고 서로 경쟁, 시기하며 바쁘고 번거롭게 살아야 한다. 그야말로 홍진에 썩은 명리의 생활에 가깝다. 산으로 들어가 강촌(江村)에 묻히면 세상 번뇌가 말끔히 가시는 것으로 안다. 그러나 임천연하(林泉煙霞: 숲속 샘과 연기와 안개)를 그리워하지만 막상 강호에 묻혀 살 기회가 오면 거기로 돌아가는 사람은 거의 없다.

> 귀거래 귀거래 말뿐이요 오간 이 없네
> 전원이 장무하니 아니가고 어쩔꼬
> 초당에 청풍명월만 나면 들면 기다리나니

호조참판의 벼슬을 사양하고 그리던 고향 산수의 품에 안기는 기쁨을 노래한 조선 중기의 문신 농암(聾巖) 이현보의 시조다.

내 보기에는 대부분의 강호 인사들은 혼자 우는 뻐꾸기에 지나지 않는 것 같다. 혼자 우는 뻐꾸기란 조선의 문신 권응인의 〈송계만록〉에 처음 실린 것을 정민이 자기의 저서 〈한시미학 산책〉에 소개한 것을 내가 여기 훔쳐 왔다. 어린 아이들의 숨바꼭질 할 때 보면 술래가 자기 숨은 곳을 찾지 못하고 엉뚱한 데 가서 헤매고 있으면 숨어 있는 아이가 공연히 뻐꾹뻐꾹 소리를 내며 자기가 숨어 있는 곳을 알려주는 동심(童心)의 놀이를 말한다. 강호에 숨어사는 많은 사람들의 하는 꼴이 정말 도시를 떠난 게 아니라 자기가 여기 파묻혀 있으니 알아달라고 하는 속된 행동을 꼬집는 말이다.

진짜 강호에 사는 사람은 드물다. 언제고 조용한 시골에 가서 살고 싶다는 사람도 새집을 장만할 때 보면 지하철 가까이 교통 편리하고 나중에 다시 팔 때 많은 이익을 남길 수 있는 곳을 원하지 한적하고 공기 맑은 변두리로는 가려고 하지 않는다. 산안개 자욱하고 시냇물 흘러가는 강호에 산다고 속세의 고민이 영영 없어질까? 아니다. 세상 근심은 우리가 목숨을 부지하고 있는 한 우리를 떠나지 않을 것이다. 후한(後漢) 말에 생겨난 천하의 명구, 生年不滿百, 常懷千年憂(사는 해는 백을 채우지 못하지만 항상 천년의 근심을 품고 있구나.)는 1800년 세월이 흘러도 그 빛을 잃지 않는 진리로 남아있지 않는가.

40년 전이다. 학회에 가는 길에 시카고에 사는 S박사 댁에서 하루를 묵어간 적이 있다. 그 집 응접실에 S박사의 장인이 사위에게 써 주었다는 시구가 하나 걸려 있었는데 위의 고시(古詩) 구절이었다. 사위가 박사학위를 받았다는데 왜 이렇게 슬픈 내용을 써 주었을까. 의아한 생각이 들었다. S박사는 몇 십 년 전에 타계했으니 이 시구만 보면 S박사가 생각난다. 옛날 E여대에서 내 강의를 듣던 학생들이 내가 은퇴한 후 결혼을 해서 그들 자녀들이 벌써 중학교에 다니는 학생들도 있다. 가끔 이들에게서 전화가 오면 나는 불쑥 "학생(○○)의 신랑이 아직도 학생(○○)을 사랑하나?"고 물어본다. 전에는 "네"라는 대답이 금방 나왔으나 요새는 대답이 없다가 한참만에야 웃으며 "그렇다."는 미지근한 대답이 나온다. 대답이 늦어지는 이유는 뭘까? "이동렬 그 자식 교수라고 별것을 다 물어 보네."가 아니면 "살아보니 별것 아니더라."는 것이 말 뒤의 말이지 싶다. 하기야 부부가 애정을 표시하는 것을 조사한 심리학자들의 말로는 결혼 후 1년이 지나면 애정표시는 반으로 줄어들고 결혼 4년이면 서로에 대한 애정표현은 바닥을 친다고 하지 않는가.

"세상살이 다 거기서 거기"라는 말과 "산다는 게 별것 아니더라."는 말, "세상 어디에도 행복은 없지만 누구의 가슴속에도 행복은 있으니 그것을 끌어내는 것은 긍정적으로 생각하는 것밖에는 없다."는 요지의 내 18번 부부행복의 주제로 내가 무슨 철학자나 되는 것처럼 일장 훈시를 한다.

나는 어린 시절을 소나무 숲속에서 보냈다. 집 앞 100미터가 될까 말까한 거리에 낙동강이 소리 없이 흘러간다. 요새말로 하면 강촌(江村)이다. 그러나 객지에서 객지로만 떠돌아다니느라 나도 도시생활에 인이 박히고 말았다. 이제는 도시 놈이 되고만 것이다. 그러나 언젠가는 그 강촌으로 돌아갔으면 하는 꿈은 버리지 못하고 있다.

(2018. 3.)

벌써 오월이 가나

우리나라는 신문학(新文學)이 시작되던 여명기로부터 시나 수필을 위시하여 문학 모든 분야에 걸쳐 감정의 흐름과 정서에 젖어드는 작품들이 압도적으로 많았다. 서정시(抒情詩)라 함은 주관적이며 관조적인 수법으로 작가 자신의 감정이나 정서를 운율적으로 표현한 시를 말한다. 그중에 내 생각으로는 가장 뛰어난, 그야말로 주옥같은 서정시를 남긴 시인으로는 소월(素月) 김정식을 꼽는다.

> 못잊어 생각이 나겠지요/ 그런대로 한 세상 지내시구려/
> 사노라면 잊힐 날 있으리다

소월의 〈못 잊어〉의 첫 구절이다. 비단결같이 고운 시인의 마음에 비친 얼룩진 세상살이에 대한 탄식이 알알이 귀에 들어와 박히는 것만 같다.

그대가 "못 잊어 생각이 나는" 그런 애처로운 사연의 사랑, 그런 낭만의 시대는 점점 우리 곁을 떠나고 있다. 지금은 낭만이라는 게 거의 없는 세상, 손을 잡고 늦가을 공원을 산책하는 연인들도 전처럼 눈에 띄질 않고 미드(M. Mead) 여사 말마따나 공원의 벤치는 사시장철 텅 비어 있다. 아파트의 푹신한 소파를 두고 그 보는 사람 많은 공원에는 뭣 하러 가노?

세상은 하루가 다르게 복잡해지는 데다 모든 일은 빠르고 정확성이 요구되는 세상이다 보니 우리 같은 늙은이들은 따라가기가 무척 힘이 든다. 이제는 한 가지를 두고 골똘히 생각한다든가 잊지를 못해서 화닥닥대던 것은 먼 옛날의 이야기다.

지난겨울에는 한국 E여대 내 연구실에서 석사학위 논문을 쓴 학생 하나가 내가 은퇴를 하고난 후에 결혼을 해서 남편과 아들과 딸 모두 네 식구가 나를 보러 토론토까지 왔다. 이보다 더 반가운 일이 또 어디 있을까? 텔레비전을 들릴락 말락 낮게 틀어놨는데도 "시끄럽다" 소리 낮추라는 우리 집 싸모님의 요청이 불같이 떨어지는 두 늙은이들만 사는 이 적적한 공간에 4명의 젊은이들이 들이닥치니 콘도미니엄 전체가 살아 움직이는 것 같고 우리가 사는 1412호는 순식간에 어린이들의 놀이터가 되어버렸다. E여대에 있을 때 학생들에게 "여러분이 시집가서 나를 보러올 때는 절대로 아이들은 데려오지 말고 딱 건달(주:남편)하고 본인 둘이서만 오십시오."하고 신신당부를 했는데도 내 말이 교수로서의 권위가 없었던지 K여사는 애를 하나도 아니고 둘씩이나 데리고 왔다. 둘이 아니라 스물인들 어떠랴. 나를 보러 미국 워싱턴DC에서 그 먼 길을 하루 종일 자동차로 운전해 왔다는 사실에 감격하여 나는 어린아이처럼 흥분해서 세 밤을 보냈다.

손님들이 와 있는 동안 갈 곳도, 보여줄 곳도 마땅치 않아 K씨 부부와 아이들을 데리고 동네 큰 쇼핑센터 안에 있는 어린이 놀이터에 가서 메리고라운드를 타고 놀다왔다. 메리고라운드는 우리말로 회전목마, 곧 우리들의 유년 시절 즐겨 타던 놀이기구이다. 목마 타던 시절을 그리워하지 않을 사람이 어디 있을까?

아이들은 신난다 환호성을 질러대지만 목마에 앉아 있는 나는 어쩐지 처량하고 쓸쓸한 생각뿐이었다. 못 잊어 생각이 나던 젊은 날의 기억도 점점 희미해지기 시작한 지 오래 전. 세상에는 못 잊을 비극, 견디지 못할 서러움은 없다. 세월이 약이라지만, 병(病)의 원인이 될 때도 있는 것이다.

> 뼈만 남은 반나무/ 바람도 벼락도/ 이젠 두려울 것 없네
>
> 꽃 피든/ 마르든/ 세월에다 맡겼네

> 半樹惟存骨, 風霆不復憂
>
> 三春何事業, 獨立任榮枯

전라남도 장성이 낳은 거유(巨儒) 하서(河西) 김인후의 탄식 〈고목〉이다. 하서는 경상북도 안동 예안의 퇴계(退溪) 이황과 성균관

에서 함께 공부했고 서로 막역한 사이였던 것으로 알려져 있다. 대쪽같이 곧고 맑은 심성의 소유자로 이름을 날리던 하서, 이제 늙고 병들어 자리에 눕고 보니 젊은 날 강호천지(江湖天地)를 이리저리 쏘다니던 일도 한갓 봄꿈에 지나지 않는구나. 세상풍파여 올테면 오라, 이제는 두려울 것이 없도다. 오직 하늘의 명만 기다리고 있을 뿐. 이 초연한 허무적멸(虛無寂滅)의 경지를 나도 본받을 수 있을까.

무정세월 참 빨리도 간다. 벌써 정유년 절반이 지나가다니. 매월당(梅月堂) 김시습은 "산에서 울고, 들에서도 울고 바닷가에서도 운다."고 했다. 임금 자리에 앉은 어린 조카를 쫓아내고 자기가 그 자리에 앉는 것을 옆에서 본 슬프고 분한 마음이 한(恨)이 된 지사(志士)였기 때문이리라. 그러나 나 같은 사람이야 그저 몸이나 건강하게 살다가게 해달라고 비는 하루 밥만 세 끼 축내는 위인이 아닌가.

봄날은 간다. 웃을 일이 있다고 생각하는 사람들이여 마음껏 웃어라. 서러운 사연이 있는 사람들이여, 목이 메도록 실컷 울어라. 어느 사이에 기쁨도 슬픔도 모두 저만치 가고, 운명은 기쁜 일에, 슬픈 일에 매달려서 웃고 우는 우리들을 뻔히 내려다보고 있다는 것을 알게 될 것이다.

(2017년 늦은 봄)

나 죽고 나서

사람이 죽었다는 말의 기준은 도대체 어디에 둘까? 내가 알기로는 가장 많이 쓰는 죽음의 기준으로는 뇌(腦)의 완전 기능정지를 말하는 경우도 있고 심장의 완전 기능정지를 말하는 경우도 있는 것으로 안다. 어느 것이 더 정확한 기준이 되는지에 대해서는 나는 모른다.

여기에다 종교적인 기준까지 더하면 '죽음을 어떻게 정의하느냐'도 그리 간단한 일은 아닌 것 같다. 보통 의사들이 정의를 내리는 일반적인 기준이면 대부분 죽음은 별 문제가 되지 않을 것이다. 그러나 가끔 예외로 불러야 할 경우가 튀어나올 때가 있다. 얼마 전 캐나다 퀘벡주에서 어머니와 아들이 자동차 사고로 숨졌는데 어머니와 아들 중 누가 먼저 죽었는지 밝히라는 법원으로부터의 지시가 내렸다. 누가 먼저 죽었는가에 따라 어머니와 아들 중 유산을 상속 받는 것이 결정되기 때문이라는 것. 조사 결과 자동차 충돌이 있고나서 아들이 어머니보다 몇 분 더 자기 힘으로 숨을 쉬었다는 결과가 나왔다는 기사 내용이다.

사람은 누구나 죽음에 대한 공포가 있다. 이 말을 뒤집어 말하자면 사람은 죽지 않고 오래 오래 살아서 영생(永生)을 누리기를 간절히 바란다는 말이다. 그러나 좀 더 자세히 살펴보면 죽는다는 사실보다는 죽는다는 생각이 더 두려운 것이다. 살아있을 때 죄를 많이 지으면 죽고 나서 편안한 생활을 못한다는 경고도 있으니 살았을 때 나쁜 짓 많이 하지 말고 착하게 살아야 할 것이다. 죽고 나서 평생 지은 죄가 미미하면 자동차 보험료 내려가듯 저승의 생활도 편안해 지는 것이다.

우리는 흔히 죄가 "무거우니" "가벼우니" 하는 말을 많이 한다. 죄를 무게로 따진다는 말이다. 고대 이집트에서는 사람이 죽으면 명부에 가서 우선 오시리스(Osiris: 저승의 왕)의 심판을 받는데 지은 죄를 모두 적어서 저울에 단다고 한다. 나 죽고 나서야 죄가 무겁든 가볍든 무슨 상관이랴.

죽음이 없다면 이 세상에서 종교도 없었을 것이다. 종교는 곧 죽음의 공포에 대한 피난처요 예방주사다. 이 세상 어디를 가도 영생(永生)을 내세우지 않는 종교는 유교를 빼고는 없다. 유교에서는 영생을 보장하는 길은 제사를 통해서 자자손손 영원히 살아남는다는 것이다.

어릴 때 들은 이야기 한 토막이 생각난다. 어머니가 운명하기 직전에 효자 아들이 어머니의 목숨을 조금이라도 연장하기 위해서 자기 새끼손가락을 물어 피를 내어 어머니 입에 넣어주었다는 이야기-. 무슨 의학적인 근거가 있는지는 모르겠으나 나는 "정성이 지극하면 하늘도 들어 준다."는 상징적인 말로 생각한다.

송기호 교수의 한국인의 삶과 죽음에 관한 글을 보면 이집트에서는 사람이 죽어 미라를 만들 때 내장은 모두 꺼내 버리지만 유일하게 남기는 것이 심장이라 한다. 고대 이집트 사람들은 심장을 생각과 기억의 중추로 생각했다는 말이다. 심장이 뇌보다도 중요하다는 말은 아닐까.

집은 사람이 사는 곳이요 무덤은 죽은 사람이 사는 곳이다. 그래서 집은 양택(陽宅), 무덤은 음택(陰宅)이라 한다. 음택이 좋고 편안해야 양택에 사는 자손들이 편안하고 복된 삶을 살아간다는 말이다. 소위 명당이란 바로 이런 곳. 음택에 사는 사람이 전해주는 복(福)이 생리적으로 관계가 있는 자손들에게만 선택적으로 전해진다는 말이다. 도대체 죽은 시신이 양택에 살고 있는 자손들에게 어떻게 복을 전해준단 말인가? 그 전달 메커니즘(Mechanism)에 대해서 나는 모른다.

우리나라는 토질이 산성(酸性)이라 사람이 죽어 시신이 빨리 썩으면 좋다고 한다. 그러나 이집트에서는 그 반대. 한국에서는 시신이 빨리 썩어버리고 남은 시신이 적은 이유로 우리 조상에 대한 연구에 어려움이 많다고 한다.

벌써 30년이나 넘었다. 박사후 공부를 하러 미국 보스턴 가까이 있는 매사추세츠 대학교를 가는 길에 중부 세인트 루이스(St. Louis)에 사는 대학 같은 반 친구 L의 집에 며칠 놀다간 적이 있다.

그 때 우연히 〈한국일보〉 미주판에 실린 어느 여류 수필가의 죽음에 대한 글을 읽을 기회가 있었다. 그 글은 다음과 같은 내용으로 기억하고 있다.

한국에서 어느 광부가 갱도가 무너져 그 안에서 죽게 되었다. 도저히 살아남을 수 없음을 깨닫게 된 이 광부는 얼마 남지 않은 머리전등 아래서 초등학교에 다니는 자기 아들에게 편지를 썼다. "아들아 너는 커서 절대로 광부는 되지 말아라…." 편지가 신문에 공개되자 이 수필가는 이곳 북미 사람들은 자기 직업에 대해서 떳떳하고 자랑스럽게 생각하나 한국 사람들은 이 편지에서 볼 수 있듯이 그렇지 못하다는 증거라는 것이다. 이 수필가는 북미 대륙에서 뭘 보며 어떻게 살았는지 쓰디쓴 웃음만 나왔다.

이 수필가는 이 광부의 죽음을 얘기하며 어느 철학자 한 사람의 죽음을 끌고 들어왔다. "철학자의 죽음은 철학적 죽음이니 광부의 죽음과는 사뭇 다르다."는 것. 죽는 것은 다 마찬가지일 텐데 철학적 죽음은 어떻게 죽는다는 말일까?

죽으면 재물이고 명예고 지위고 시기, 질투, 부러움, 멸시도 모두 무의미하다. 기쁨도 슬픔도 욕심도 없다. 이 세상 모든 것이 아무 의미가 없는 세상. 사랑을 잃지 않으려고, 재물을 모으려고, 맨 앞에 서 보려고 버둥대던 것도 죽음 앞에서는 아무 의미가 없다. 내가 죽으면 이 세상은 없다. 그러니 죽음이 곧 천당이란 말이다. 그러나 빨리 죽기는 싫다. 우리 속담에 "개똥밭에 굴러도 이승이 낫다."는 말이 있지 않은가. 그래도 한 120살은 살아야지.

(2018.2.)

조천일기

K형 댁에 놀러갔다가 그 집 책꽂이에 꽂혀 있는 〈조천일기〉라는 책 한 권을 빌려왔다. K형은 중국과 한국 역사에 관한 책을 한방 가득히 가지고 있는 분. 음식점 사장님이 웬 책은 이렇게 많이 가지고 계실까, 나는 K형 댁에 가기만 하면 이 책들을 몹시 탐을 낸다.

빌려온 책은 선조 문신 중봉(重峯) 조헌이라는 분이 한문으로 쓴 것을 동아시아 비교문화 연구소에서 한글로 옮겨서 펴낸 책이다. 중봉은 율곡(栗谷) 이이, 우계(牛溪) 성혼의 문인으로 1592년 임진왜란이 일어나자 충청도 옥천에서 의병을 일으켜 청주성을 되빼앗는 등 큰 무공을 떨친 분이다. 그러나 금산 싸움에서 크게 패하여 700여 명의 의병들과 장렬한 죽음을 맞이한 어른. 중봉이 일찍이 중국 북경에 사신으로 다녀올 기회가 있었는데 가고오며 보고들은 것을 한 권의 책으로 엮은 것이 〈조천일기〉다.

〈조천일기〉 책장을 넘기다가 중봉이 중국 순천 어양부를 지나다가 한 주민과 나눈 대화가 눈에 띄었다.

중봉: 지금 어양부 수령은 어떤 사람인가?

주민: 바로 공자(公子)입니다.

중봉: 무엇을 공자라 합니까?

주민: 고관의 자제로 만사에 밝지 못한 자를 공자라고 합니다.

중봉: 아이였을 때부터 그 애비가 백성을 대하여 일을 처리하는 법을 익히 보아서 지식을 넓혔을 텐데 어찌하여 만사에 밝지 못하다고 합니까?

주민: 귀한 집 자제들은 호화롭게 지내고 학문에 열중하지 않아 어리석고 교만한 습성이 생겨 백성의 곤궁을 불쌍히 여길 줄 모릅니다. 그 때문에 백성들이 모두 원망해 그를 가리켜 공자라고 합니다. 어양부 수령의 아버지는 지위는 높았으나 집안의 법도가 없어서 근검 하는 일로 통솔하지 않고 딴 길을 걸었습니다. 그래서 아들은 한결같이 성질이 모지락스러울 뿐만 아니라 악독하고 게으르며 나이가 들어도 아는 게 없는데 갑자기 수령이 되었으니 백성의 비웃음을 받습니다.

이 구절을 읽으면서 떠오르는 사람이 하나 있었다. 요새 신문을 도배하고 있다시피 하는 박근혜 전 대통령이다. 박 전 대통령은 독재자 박정희의 딸로 태어나서 어머니 아버지가 모두 흉탄에 목숨을 잃고 그 아버지의 후광으로 대통령이 된 처녀다. 어렸을 때 친구도 없이 자랐으니 동네 아이들과 공기놀이, 고무줄 넘기 한

번 못해 본 것은 물론 누구하고 말다툼 한 번 해본 적이 없이, 그야말로 진공상태, 온실, 아니 '실험실에서 배양'된 사람이라 할 수 있다. 국회의원 한 번 해본 것 외엔 누구를 상관으로 모시고 일해 본 적도, 누구를 부하 직원으로 두고 그 위에서 일해본 적도 별로 없는 사람이 하루아침에 나라의 살림살이를 보살피는 우두머리가 되었으니 생각을 바로하고 누구와 의논해서 살림살이를 꾸려가는 것은 애당초 기대할 수 없었다. 그의 주위는 연산군 때 임사홍이나 광해군 때 이이첨 같은 영리하고 출세하려는 욕망으로 가득 찬 아첨배들로 두 겹 세 겹 둘러싸이고 말았다.

예민한 20대 나이에 어머니 아버지를 잃고 외롭게 지낸 데다가 주위의 아첨배들 때문에 그런 어리석은 잘못을 저지르고 말았다고 그를 동정하는 사람들도 많다. 그렇다면 한 나라의 우두머리 자리에는 왜 앉게 되었을까? 내 생각으로는 박근혜가 인간으로서 가진 허영심 때문이라고 생각한다. 인간의 허영이 빚어낸 비극에는 끝이 없는 법. 전쟁이란 것도 알고 보면 인간의 허영 때문에 일어나는 것이 아닌가. 허영은 이 글을 쓰는 나에게도, 이 글을 읽는 독자들에게도 있는 것. 아무리 '너 자신을 알라'고 충고하지만 이 세상에 자기가 어떤 사람이라고 정확하게 아는 사람이 어디 있을까. 모두가 허영과 착각 속에서 사는 것을. 꿈과 허영과 착각, 거짓말-이런 것들은 우리가 이 세상에 살아남기 위해서는 없어서는 안 될 것들이다.

내가 보기에 박근혜는 허영심이 지나치게 많은 것이 탈이었지 싶다. 시장에서 떡볶이 장사를 하고 있는 아주머니의 등을 토닥거려 주는 것만으로 서민층과 따뜻한 교감이 이루어졌으리라고 생각하는 단순한 사람. 정치를 하는 사람은 무엇보다도 한 시대의 흐름을 읽는 통찰력이 있어야 한다는 것을 깨닫지 못한 것이 그의 잘못이라면 가장 큰 잘못이다. 나는 〈선비의 배반〉이라는 좋은 책을 펴낸 박성순 교수같이 한 정치가가 볼 때 그 학력, 재력, 사회적 지위, 지나온 경력, 가정배경을 보는 것이 아니라, 그 사람이 앞을 내다볼 수 있는 비전(vision)이랄까 통찰력이 있는지를 가장 중요한 덕목으로 본다. 박근혜는 대통령이 되기에는 비전이랄까 통찰력이 턱없이 모자라는 사람이다.

이제 박근혜 전 대통령은 대통령 자리에서 쫓겨나든 아니든 천길만길 깊이를 알 수 없는 치욕의 함정으로 떨어지고 말았다. 420년 전 북경 가는 고달픈 길, 말 위에서 졸던, 중봉은 조국의 위기를 맞아 왜구를 몰아내려다가 금산전투에서 목숨을 잃었다. 그가 의병활동으로 보낸 시간은 얼마 되지 않는다. 그러나 그가 남긴 이름 석 자는 400년 넘는 세월이 흐른 오늘날까지도 그 향기를 잃어버리지 않고 있다.

그야말로 死有萬世名(사유만세명: 죽어선 만세불후토록 이름이 났네)이다.

(2017. 11.)

이태백과 정송강

어릴 적에 어른들이 중국의 이백(혹은 이태백)이라는 시인은 술에 취하여 하늘에 떠있는 달을 잡겠다고 쫓아가다가 연못에 빠져 죽고, 두보라는 시인은 소고기를 너무 많이 먹어서 죽었다고 얘기하는 것을 들었다. 아직까지도 이 이야기는 중국 민간에 내려오는 전설로 남아있는 것으로 안다. 고등학교 고문(古文) 시간에 두시언해를 배우기 전까지는 이 세상에서 시(詩)를 잘 짓는 시인은 이백으로 알고 있었다.

이백은 당시 제일가는 시인이었기 때문에 늘 술이나 마시고 비파나 뜯으며 산이나 강으로 돌아다니면서 음풍농월(吟風弄月), 아옹다옹 세상일에는 전혀 뜻이 없는 사람, 다시 말하면 신선 같이 사는 사람이란 생각이 내 머리 속에 화석으로 남아 있었다.

한국에 있는 S박사가 중국학자 이궈원(李國文)의 〈중국 문인의 비정상적인 죽음〉이라는 700쪽이 넘는 두툼한 책을 한 권 보내왔다. 열어보니 이백, 사마천, 소동파 같은 몇몇 문인들을 빼고는 대부분이 이름도 처음 들어보는 사람들에 대한 이야기가 적혀 있었다.

그 책에는 중국의 저명한 지식인, 문필가들은 겉으로는 유유자적한 강호의 삶을 그리워하나 속으로는 그칠 줄 모르는 명예욕과 출세욕에 사로잡혀 있는 이중적인 생활 모습이 그림같이 그려져 있었다. 이 책에 등장하는 36명의 뛰어난 문인, 지식인들은 시(詩)나 읊조리며 산수 간에 노닐며 부귀영화를 '뜬 구름 보듯'하는 사람들의 삶이 아니요, 그들 마음속에는 황제나 권문세가의 사랑을 받아 세상에 이름을 날려보려는 강렬한 출세욕이 도사리고 있다는 것이다.

이들 지식인, 문필가 중에는 명예욕이 지나쳐 동료를 시기하고 질투하여 자기가 쳐둔 그물에 자기 자신이 걸려들어 목숨을 잃은 사람도 있다. 한마디로 대부분의 이들 문인, 지식인들은 겉과 속이 다른 이중적 삶을 살았다는 것이다. 이 같은 이중적 삶을 살다 간 대표적 시인이 이백. 이백은 평생 권력에 목말라 했고 공명을 좇아 권문세가 주위를 맴돌며 언젠가는 황제의 부르심이 있을 거라는 헛된 기대 속에서 평생을 보낸 사람이다. 한때는 황제 현종과 같은 수레를 타고 담소까지 한, 권력 맛을 톡톡히 본 그는 그가 세상을 떠나 눈을 감을 때까지 출세에 대한 야망을 결코 버리지 못했다. 이러한 그는 권력의 버림을 받았을 때도 명문, 명시를 토해 놓고 마는 대문호였다.

이백의 절구(絕句) 〈산중문답〉을 보면 이백 같은 시인이 출세욕과 명예욕에 속이 타는 사람이라는 것을 받아들이기 어렵다.

무엇 때문에 푸른 산에 사느냐면
웃으며 대답 못해도 마음만은 한가롭네
복사꽃 물길 따라 아득히 흘러가는
여기는 별천지 인간 세상이 아니라네

問余何事棲碧山 / … / 別有天地非人間

다섯 살에 육십갑자를 외우고 열 살에 제자백가의 서적을 읽은 신동 이백은 성격이 호방하고 오만한데다가 자기 사랑에 도취된 그는 자기가 대문호라고, 허풍을 떨며 또한 그 허풍에 걸 맞는 주옥같은 글을 쏟아냈다.

중국에 이백이 있다면 우리나라에는 송강(松江) 정철이 있다. 전라남도 담양 지실 마을에서 태어난 송강은 우리 문학사에 길이 남을 주옥같은 시와 장가, 단가 등을 내놓은 대문호다. 그는 어릴 때부터 권력 맛을 진하게 본 사람으로 평생에 한 번도 벼슬이 싫어서 제 스스로 권력을 떠난 적은 없었다. 어떻게 보면 이백보다도 더 권력의 노른자위에 있으면서 권력의 칼을 마구 휘둘러 본 선비 정철. 선조의 특명으로 정여립 모반 사건을 다스리는 위관(委官)이 되어 하루아침에 떠오르는 별이 된 서인의 영수 송강은 확실한 증거가 있든 없든 상관 않고 동인들을 잡아 죽이는데 무소

불위의 권력을 휘둘렀다. 송강은 자기 고향 사람들에게도 무자비했다. 숙종 때의 영의정 미수(眉叟) 허목에 따르면 그에게 목숨을 잃은 전라도 선비만 해도 1,000명이 넘는다고 한다.

재주와 기지가 뛰어난 조선의 문호 송강은 술과 여자를 좋아했다. 얼마나 밝혔으면 임금 선조가 송강이 너무 주색에 빠져있다는 이유로 귀양까지 보냈겠는가. 그러나 송강은 이백처럼 글재주가 온천수처럼 흘러 넘치는 시인. 이백과 마찬가지로 정적과 싸우는 긴장 속이거나 강호에서 달을 보며 술잔을 기울일 때나 머릿속에서 나오는 문학적 산물은 언제나 대문호에 걸 맞는 탁월한 수준의 예술품을 내놓았다.

송강은 이백처럼 호방하고 오만한데다가 안하무인격인 그의 독선적 성격 때문에 가는 데마다 시비와 논쟁을 불러일으켰다. 이백이 권문세가 주위를 배회한데 비해 송강은 권력 그 자체가 되어 도끼를 마구 휘둘렀다고나 할까. 임금의 미움을 받아 쫓겨난 송강은 "저리 가라" "내 곁에는 오지 마라" 하는데도 "사랑해요" "언제고 다시 불러주세요" 하는 따위의 시그널을 계속 보내는 사람을 어찌 끝까지 싫다고 내칠 수 있겠는가. 이래서 송강의 문학은 아첨 문학이라고 비꼬는 오늘날의 문인도 있다.

정치 철학자 토머스 홉스의 말처럼 권력에 대한 충동과 동경을 하지 않는 사람은 없을 것이다. 스스로 자기의 권력욕을 인정하는 사람은 드물다. 모두가 그 따위 추하고 지저분한 속성은 자기에겐 없다고 부인한다.

문인이라고 권력욕이 없으란 법은 없다. 송강과 이백은 문재(文才)도 뛰어나고 권력욕도 큰 사람들이기 때문에 세상 사람들의 입에 더 자주 오르내리는 것이 아닐까.

(2016.)

온천에 사는 물고기

대한독립 만세
우렁찬 그 함성
동창벌이미산너머
울려퍼지고
애국선열들의
뜨거운 나라사랑
내촌천 북한강에
넘쳐흐르니
자랑스런 이 강토
우리 후손
나라와 겨레 위해
온몸 바치세

일천구백구십구년 가을
한림대학교 제삼대 총장
이상주 짓고
이화여자대학교 교수
이동렬 쓰다

시비(詩碑)

올해 한국 방문은 다른 때보다 더 길었습니다. 두 달 열흘, 그러니까 70일을 있은 셈입니다. 이번에는 그동안 내가 쓴 비석 글씨는 전부 한 번 돌아보고 오리라는 계획을 세웠습니다. 그것은 붓글씨로 남긴 나의 비석들에게 작별인사를 하겠다는 의미입니다.

K박사가 운전대를 잡고 S박사가 그 옆에서 조수 역할을 해 주는 영광을 누리면서 홍천을 향해 아침 일찍 운현궁 옆 우리 부부가 머물던 호텔을 떠났습니다.

내 시비(詩碑)가 있는 이번의 홍천 방문은 내 생애에 두 번째이자 마지막 방문일 거라고 생각하니 고즈넉하고도 담담했습니다. "언제 내가 여기를 또 올 날이 있겠는가."하는 쓸쓸한 생각이 들면서….

서울이나 고향 근처에 있는 시비(詩碑)라면 오다가다 들르는 경우가 있겠지만 홍천에 있는 시비는 거리가 있다 보니 특별히 시간을 내지 않고서는 가 보기가 무척 어렵습니다. 강원도 홍천군 내

천면 물걸리 동창 마을에 있는, 지금부터 꼭 18년 전에 세운 비석을 두고 하는 이야기입니다. 강원대학교 한문교육학과 교수로 있던 중관(中觀) 황재국 서우(書友)의 권유로 내가 붓을 잡게 된 것입니다. 그 비석 제막식은 내가 이화여자대학교에 처음 교수로 가서 무척 바쁜 하루하루를 보내고 있을 때였습니다. 그러니 붓글씨 같은 내 전공과는 아무 관계가 없는 일에 신경을 쓸 시간은 없었지요. 그날은 비석 글씨도 보는 둥 마는 둥 제막식에 온 사람들과 인사 나누다 온 게 전부인 것 같았습니다. 그러니 이번 방문은 책 읽는 것에 비하면 천천히 생각해가며 읽는 정독(精讀)인 셈이지요.

18년 전에 와 본 길인데도 기억이 전혀 나지 않는 낯선 길이었습니다. 결국 우리 일행은 엉뚱한 공원에 가서 엉뚱한 비석들 사이를 헤매다가 나중에야 어느 동네 아주머니의 도움으로 2킬로미터만 왔던 길을 되돌아가면 척야산(拓野山) 문화공원이라 불리는 곳에 또 다른 시비들이 무더기로 있다는 사실을 알았습니다. 이 작은 마을에 어찌하여 애국시로만 가득한 시비들을 품고 있는 공원이 2개나 되는지 속으로 궁금증이 생겼습니다마는 잠자코 있고 말았습니다.

드디어 척야산 문화공원 입구에서 한 10여 분 걸어 들어간 갈래길에 내가 글씨로 쓴 시비의 모습이 보였습니다. 옛 모습 그대로였습니다.

대한 독립 만세/ 우렁찬 그 함성/ 동창벌 아미산 너머/ 울려 퍼지고
애국 선열들의/ 뜨거운 나라 사랑 / 내촌천 북한강에 /넘쳐 흐르니
자랑스런 이 강토 우리 후손/ 나라와 겨레 위해/ 온 몸 바치세
일천 구백 구십 구년 가을
한림대학교 제 3대 총장
이상주 짓고
이화여자대학교 교수
이동렬 쓰다

모두 일흔 석 자로 구성된 이 시는 당시 한림대학교 총장이자 나와 같은 대학 같은 과 선배 L씨가 짓고 나는 글씨를 썼습니다. 나는 L총장에게 "시가 좀 '허무한' 탓에 글씨 모양새가 별로 안 나는 것 같아요." 하는 악담을 내 깐에는 농담이라고 생각하고 떠들고 다녔습니다. 문교부장관, 교육부총리를 지낸 데다가 22년간 대학총장으로 있었던 그를 홍천 다녀온 며칠 후 교육과 어느 대 선배를 위한 점심 자리에서 만났습니다. 그나 나나 세월의 무게는 이기지 못하는 법. 이제는 발걸음 옮겨 놓기도 힘들다며 지팡이를 끌며 다녔습니다.

시비는 세운 지가 꼭 18년이 되었는데도 마멸(磨滅)될 낌새는 전혀 없다는 것이 무척 신기한 생각이 들 정도로 깨끗했습니다. 시비가 자리 잡은 곳도 그야말로 내 생각으로는 척야공원에서 제일의 요지였습니다. 봄이 한창, 꽃 피고 새 울면 온 산이 울긋불긋

물들고 산책객들이 줄을 이어 올라 온답니다. 내 시비는 용비어천가체로 되어있고 낙관은 궁체흘림으로 되어있습니다. 내가 내 글씨를 두고 이러니저러니 하는 것도 어딘지 온당치 않다는 생각이 들어 아무 말도 안했지요. 그러나 속으로는 "내 시비 글씨도 남보다 뒤지지는 않는구나." 싶은 생각이 드니 가슴 뿌듯한 자신감이 가슴을 치고 올라왔습니다.

이 척야산 문화공원은 1919년 기미 독립 운동이 일어나자 홍천에 사는 선비 김덕원 의사(義士)가 이곳에서 전군민이 참가하는 만세운동을 일으켰다 합니다. 김 의사의 애국활동을 기념하여 10개가 넘는 시비들이 들어서서 척야문화공원이 되었다는 것. 내가 처음 거길 갔을 때는 비석이 그렇게 많지 않았는데 18년 후에 가보니 웬 비석이 그렇게 늘었는지 온 천지가 비석이었습니다.

18년 동안 눈비를 맞고, 겨울 모진 바람과 눈서리를 맞다가 꽃 피는 봄이 오면 사람들의 끝없는 행렬에 시달리는 비석, 그 오랜 세월을 말없이 견디고도 마멸의 기미 하나 보이지 않는 시비가 어쩐지 장하다는 생각이 들었습니다. 내 글씨가 있는 비석이라 더욱 더 그런 생각이 들겠지요. 산이고 들이고 모든 자연에도 사람의 마음을 앗아가는 요정(妖精) 비슷한 게 있나 봅니다. 여기 이 척야공원에 있는 바위에 파인 글씨에 관심을 가진 사람은 이 시를 쓴 L씨와 나 두 사람뿐인 것 같습니다. 어느덧 차를 돌려 집으로 돌아갈 시간이 되었습니다.

"우리 언제 또 이 비석을 볼 날이 있을까?"를 생각하니 나는 이 시비에서 천리만리 떨어져 구름 밖으로 떠도는 신세, 울컥 설움이 북받쳐 오르니 여기까지 데려다 준 10여 년 전에 내 강의를 듣던 K박사와 S박사를 붙들고 하소연이라도 하고 싶은 애잔한 심정이었습니다.

〈울고 넘는 박달재〉

지난 4월이었습니다. 결혼한 지 50년이 된다고 어디를 갈까 여기저기 기웃거리다가 한국 여행으로 점찍고 말았습니다. 고향 생가인 역동에 들려 며칠 있다가 꿈에도 그리던 청량산을 가보고 싶은 생각이 어느 것보다 앞섰습니다. 때마침 한국을 방문하던 이름난 색소폰 연주자 H형이 자기도 청량산 구경을 하겠다고 나섰습니다. 내가 쓴 〈청량산〉이라는 노랫말에 H형이 멜로디를 달았으므로 자기도 그 청량산을 꼭 한 번 가봤으면 좋겠다기에 H형 내외분과 자동차로 동행하기로 했습니다.

우리 일행은 내 생가 역동 집에서 조카 내외의 극진한 대접을 받고 이튿날 도산서원으로 해서 청량산으로 차를 몰았습니다. 청량산은 봉화군과 안동군 사이에 있는 800미터도 안 되는, 그러나 산 전체가 거대한 바위덩어리로 되어 있는 것 같이 보여서 풍광 하나만은 정말 "끝내주는" 산입니다.

이 산에 신라 때의 명필 김생이 살면서 붓글씨를 익혔고 조선 중기의 학자 퇴계(退溪) 이황은 오산당(吾山堂)이라는 서실과 집을 오가며 책을 읽은 것으로 알려져 있습니다. 나는 어릴 때부터 이 청량산이야말로 내 영혼의 탯줄이 묻혀 있는 곳이라는 생각을 했습니다. 언젠가 나는 이 산에 바치는 애절한 연모의 정을 토해낸 노래 한 수를 적은 적이 있습니다.

산 돌아 물 돌아 하늘 아래 열두굽이
멧새도 오지 않는 내 고향 육륙봉에
세월은 강이 되고 갈대밭 되어
겨울 가면 봄 여름 가을이 오고
그리움 산국화되어 바람 끝에 맴돈다

영(嶺) 넘어 들을 지나 시내 건너면
정(情)에 메인 그 세월 억만년 세월
꿈길 따라 찾아간 꼬까옷 옛날
세월은 바람되어 꿈이 되나니
그리움 아지랑이 되어 봄날 속에 흐른다

나는 이 가사에 멜로디를 달아 한 편의 노래로 만들고 싶은 욕심이 생겨 H형에게 끈질기게 졸라댔습니다. H형은 드디어 내 요청에 굴복하고 말았지요. 그러면서 하는 말이 자기 눈으로 청량산을 꼭 한 번 봤으면 좋겠다는 것이 아닙니까. 하늘이 우리 일행을 도왔는가. 나와 아내 H형 내외는 꽃 피고 새 우는 아름다운 계절에 함께 청량산을 가게 되었으니 이 어찌 축복이 아니라고 할 수 있겠습니까?

청량산으로 들어가는 다리를 지나 조금 더 가서 우리 일행은 산 중턱에 있는 어느 여관에 숙소를 정했습니다. 구름 한 점 없는 날씨에 산 계곡 사이로 햇빛에 반짝이며 흘러가는 낙동강 물줄기가 멀리 내려다보이는 퍽 아름다운 풍광이었습니다. 여관 주인은 예순은 넘어 보이는 명랑한 시골 할머니.

이튿날 아침이었습니다. 나는 주인 할머니께 멀리서 혼자 앉아 커피를 마시고 있는 H형을 가리키며 저기 저 분이 "MBC 문화방송 관현악단을 지휘하던 전 단장 어른"이라는 말을 했습니다. 내 말이 끝나자마자 할머니는 안으로 뛰어 들어가더니 흰 종이 한 장을 들고 나와서 H형에게 가더니 다짜고짜로 사인을 해달라고 조르는 게 아닙니까. 머쓱해진 표정으로 부끄러워하는 H형은 자꾸만 조르니까 "할머니 사인 대신 제가 노래 한 곡 들려드릴게요." 하며 색소폰을 꺼내 들었습니다. H형은 반야월 작사 김교성 작곡의 〈울고 넘는 박달재〉를 불렀습니다. 순간 이 할머니는 놀라움과 기쁨과 찬사가 뒤범벅이 된 눈빛으로 우리 모두를 둘러보는 것이었습니다. 그냥 둘러본다는 말이라기보다는 우리를 우러러 보더라는 말이 더 어울리는 말인 것 같았습니다.

자기 남편도 이 노래를 꼭 들어야 한다며 큰 소리로 "영감 어서 나와요."를 불러대는 것이 아닙니까. 무척 들뜨고 흥분이 되었던 모양이지요. 유쾌하고 재미있는 일을 경험하는 경우에는 이 경험을 다른 사람과 함께 나누어 가지려 드는 것이 보편적인 인간의 행동. 그래서 재미있는 쇼를 보거나 만담을 들을 때면 이 즐거운 강화 인자의 효력을 최대로 끌어올리려고 옆 사람의 얼굴을 마주보며 박수를 치는 것이 아닙니까. 그 날 H형은 찬사를 아끼지 않는 청중 두 사람을 위해서 〈울고 넘는 박달재〉말고도 〈칠갑산〉〈한 오백년〉 등 3곡을 연달아 불었습니다. 실로 외로운 연주에 외로운 청중이었지마는 무르익은 산정(山情)만큼은 조금도 외롭지 않았습니다.

내가 초등학교 때 읽은 〈월광곡〉 이야기가 생각났습니다. 자세한 부분은 다 잊어버렸으나 줄거리는 대충 다음과 같은 것으로 기억합니다.

어느 초가을 밤, 저녁을 마친 악성 베토벤은 산책길에 나섰습니다. 어디에선가 피아노 소리가 바람을 타고 은은하게 들려오는 것이 아니겠습니까. 베토벤은 피아노 소리가 나는 곳으로 발걸음을 재촉하였습니다. 가보니 어느 오두막집에 눈 먼 소녀 하나가 피아노를 치고 있고 그 옆에는 그녀의 아버지로 보이는 늙수그레한 신기료장수 한 사람이 앉아 있더라는 것. 눈 먼 소녀는 찾아온 손님이 베토벤이라는 사실을 알게 되자 피아노를 한번 쳐 줄 것을 간청, 이를 승낙한 베토벤은 그 소녀를 위해 피아노 앞에 앉았습니다. 그때 그 자리에서 친 곡이 〈월광곡(the Moonlight Sonata)〉이라는 이야기입니다.

H형의 색소폰으로 〈울고 넘는 박달재〉를 들은 촌로(村老)나 베토벤이 치는 〈월광곡〉을 들은 눈 먼 소녀나 모두 오염 안 된 청중이라는 점에서는 같다고 할 수 있지 않을까요. 한 곡 들려달라는 여관 주인의 요청이 없었음에도 스스로 악기를 꺼내서 얼굴도 모르는 산골 할머니에게 기쁨을 안겨 줄 수 있었다는 것은 연주자로서의 멋이요 흥취라고 생각됩니다. H형의 입김으로 나오는 〈울고 넘는 박달재〉는 산골 사이를 비집고 흘러가는 낙동강 물줄기를 따라 멀리 멀리 봄 하늘로 퍼져 나갔습니다. 그날 우리 세 쌍의 부부는 한 시간도 채 못 되는 짧은 시간이었지마는 숙성된 산머루주와 같은 청량유곡(淸凉幽谷)의 정취(情趣)에 흠뻑 빠져들고 있었습니다. 그야말로 아름다운 산정무한(山情無限)이었지요.

(2017. 8.)

온천에 사는 물고기

캐나다 로키 산맥에 거의 붙어있다 싶은 캘거리(Calgary)에 살고 있는 J씨 댁에 경사가 있어서 그곳에 들를 기회가 있었습니다. 좀 길지만 경사의 이야기를 먼저 하겠습니다. J씨 부부는 지금부터 30년 전, 내가 해마다 방문교수 자격으로 대구대학을 드나들던 시절, 당시 서울에 살던 P양을 캐나다 런던에 살던 총각 J군에게 소개시킨 중매가 성사되어 부부가 된 분들입니다. 내친김에 결혼 주례까지 하게 되어 1986년 6월 6일, 찌는 듯이 무더운 초여름날 항구도시 부산에서 내 평생 13번 주례 경험 중 데뷔(debut)하는 결혼식을 떨리는 마음으로 집행했습니다. 그러니 경사는 J씨 부부의 따님이 치과대학 같은 반에 있던 총각과 사랑하는 사이가 되어 부부의 인연을 맺는 자리였지요. 신부의 아빠 엄마를 중매하고 주례까지 한 사람이 그 자녀의 결혼식에까지 오니 나로서는 대단한 영광이요, 감개무량한 자리였습니다.

내가 또 언제 캘거리에 올 날이 있겠는가는 쓸쓸한 생각이 들어

기왕 거기까지 간 김에 결혼식이 끝나고 로키 산맥 속에 있는 밴프(Banff)에 가서 너더댓새 쉬다 오는 일정으로 잡았습니다. 캐나다 로키는 지금까지 열 번 넘게 가 보았으나 갈 때마다 로키에 대한 감동은 더 했으면 더 했지 조금도 줄어든 적이 없습니다. 말할 것도 없이 로키는 웅장, 웅미 그 자체입니다. 어쩌면 그렇게도 높고 장엄한 돌산들이 서로 엉겨 붙어 그처럼 웅장하고 아름다운 장관을 만들어냈을까요.

숙소는 아들 내외가 잡아준 밴프 시내에서 걸어서 15분 거리에 있는 어느 길가에 있는 큰 민박집이었습니다. 말이 민박집이지 꾸며 놓은 시설은 여느 호텔이나 모텔같이 훌륭하였습니다. 아침에 일어나서 신문을 사러 시내까지 갔다 오자면 한 30분은 걸어야 하기 때문에 건강에 여간 도움이 되는 게 아니었습니다. 시내로 들어가다가 보우강 다리 위에서 밑으로 흐르는 강에 물고기가 있나 없나를 살펴보는 재미도 쏠쏠 하였습니다.

셋째 밤이 지나고서였던가. 숙소에서 걸어서 30분 거리에 있는 Banff Basin(큰 웅덩이)이라고 불리는 유황온천엘 갔습니다. 가자마자 깜짝 놀라운 광경 하나가 눈에 들어왔습니다. 유황 냄새가 코를 찌르는 지름 10미터가 될까 말까한 둥근 온천에 멸치보다도 더 작은 물고기들이 헤엄치며 놀고 있는 게 아닙니까. 엄마 아빠는 어딜 갔는지, 아니면 이 작은 물고기들이 바로 엄마 아빠들인지, 새끼 손가락 길이 반만 한 크기의 엄마 아빠도 보이질 않았습니다.

이 물고기들은 이 웅덩이에서만 사는 특수한 물고기랍니다. 이들을 보는 순간 나 자신의 처지가 떠올랐습니다. 이 물고기들은 보통 강물이 아닌 더운 온천물이 흘러내리는, 생존환경이 극히 열악한 웅덩이(basin)에서 살고 있고, 나는 말과 풍습이 다른 문화권에서 힘들게 살고 있으니 서로 다를 게 별로 없다는 말이지요. 다른 것이 있다면 이들 물고기들은 오랜 적응, 순화(馴化) 과정을 거쳐 더운 온천수에 익숙해졌지만 나는 아직 낯설고 물설은 문화권에서 말도 제대로 못하며 허덕이고 있다는 점이랄까요.

밴프 웅덩이에 사는 물고기들을 보니 참으로 생명이란 끈질긴 것이로구나 하는 생각이 안 들 수가 없었습니다. 그러나 그 웅덩이에 사는 물고기 입장에서 보면 해석이 달라질 수도 있지요. 온천 유황 물에 적응· 순화되어 아무 불편을 못 느끼는데다 천적(天敵)이 없고, 항상 더운물이 나오니 겨울에도 추위를 모르고, 구경하러 오는 사람들이 끊이지 않고… 이게 바로 낙원이 아니고 뭐겠습니까. 이 온천 물고기들은 향기도 없는 민물에서 온갖 수단을 써가며 자기들을 잡아가려는 인간들을 피해가며 사는 물고기들을 동정의 눈으로 바라보는지 누가 알겠습니까?

그러니 열악한 환경이라는 말은 어디까지나 내가 갖다 붙인 말. 무엇이 열악한 환경이냐를 규정할 자격을 가진 이는 세상에 아무도 없습니다. 진화심리학의 주장을 따라서 자기의 유전자를 계승하는 데 별 도움이 되지 않는 환경을 열악한 환경이라고 정의할 수는 있겠지요. 열악한 환경이라도 오랜 세월 동안 적응·순화되어 살다

보면 끝내는 이곳이 곧 천국이라는 생각이 들고 말 것 아닙니까.

젊었던 시절, 자동차로 캐나다 대륙횡단을 한 적이 있습니다. 캐나다 중부 대평원(prairie)은 가도 가도 남산만 한 높이의 산도 보이지 않는 허허 벌판. 이런 데 사는 사람들은 무슨 재미로 살까? 하는 생각이 들었습니다. 그러나 평원에서 평생을 살던 사람들이 은퇴를 하고 산 높고 물 깊은 곳으로 와서 살면 좋아할 줄 압니까? 천만에. 다 그렇단 말은 아니지만 그들 중에는 대평원을 몰아치던 눈발이 그립고 끝없이 펼쳐진 벌판에 향수를 느껴 다시 돌아가는 사람들이 많다는 이야기를 수도 없이 들었습니다.

포스트모더니즘의 강령을 따르면 진리는 하나만 있는 게 아닌 것. 이쪽에서 보면 이것이 진리, 저쪽에서 보면 저것이 진리가 될 수 있지요. 마찬가지로 여기에 정(情) 붙이고 사는 사람은 여기가, 저기에 정 붙이고 사는 사람에게는 저기가 낙원입니다. 미(美)를 객관적으로 규정할 수는 없는 것처럼 환경도 객관적으로 정의를 내려서 열악하다니 아니다니 말하는 데는 큰 위험이 따를 때가 많습니다. 그런 말을 해서는 안 된다는 것이 아니라 거기에 살고 있는 유기체의 처지랄까 입장도 고려해주는 것이 더 부드러운 생각이란 말입니다. 물고기들이 목욕을 하기 위해서 온천에 들렀다는 말은 그래도 이해가 되나 온천에 산다는 것은 아무리 진화 심리학이 어쩌고 떠들어도 아주 깨끗하게 결말이 나지를 않습니다.

(2016. 8.)

풍월(風月)바위

풍월바위란 내 생가 역동집 앞을 지나가는 낙동강 한복판에 정좌(正座)한 화강암 흰색 바위를 가리키는 말이다. 강원도 삼척 황지에서 시작한 물줄기는 장장 1,300리를 산굽이를 돌아 들판을 가르며 부산 서쪽 남해로 들어간다.

옛날 가야나 신라 문명도 이 강을 중심으로 창성하였고 선조 때는 조선을 침략한 일본의 가등청정과 소서행장 무리들이 부산에 발을 디디기가 무섭게 이 강을 거슬러 올라 국토를 유린하며 한양으로 행군해 갔다. 20세기 중반에 이르러서는 동족 간 전쟁의 포성과 화약 냄새로 뒤덮였던 참화가 휩쓸고 지나갔으니 실로 민족의 기쁨과 슬픔을 함께 나눈 강이라 할 수 있겠다.

이 강에 봄이 오는 것은 강가 버들가지가 알려준다. 그러면 나는 개 한 마리를 데리고 혼자 강 언덕을 이리저리 쏘다니곤 했다. 여름에 비가 많이 오면 우리는 강 언덕에서 큰 물결을 이루며 기운차게 흘러가는 물 구경을 하기에 바빴다. 큰 나무가 뿌리째 떠

내려가는 것도 볼 수 있었고 가끔 집이 송두리째 떠내려가는 것도 볼 수가 있었다.

우리 집 앞을 흘러가는 낙동강을 얘기해 보자. 태백산에서 시작한 물줄기는 산과 산 사이를 비집고 모퉁이를 돌고 돌아 〈청포도〉를 쓴 이육사가 태어난 마을 원천(遠川) 앞을 지나 퇴계(退溪) 이황이 시(詩) 쓰고 강론하던 도산서원 앞에 이르러 잠시 조용해진다. 거기서 십여 분 만 더 가면 중종 때의 명신이요 퇴계의 향리 선배인 농암(聾巖) 이현보가 "돌아보니 만첩청산 굽어보니 천심녹수"의 시상(詩想)에 골똘하던 애일당이 나온다. 강물은 갑자기 석벽을 치며 여울을 만들어 흐르다가 내 생가 역동에 와서는 무슨 일이 있었냐는 듯 숨을 죽여 흐른다. 십여 분 더 가면 문묘에 배향된, 당시 퇴계의 수제자로 사해(四海)에 이름을 떨치던 큰 선비였으나 북인(北人) 당파에 동조하여 말이 많았던 월천(月天) 조목의 서당 앞에서 물줄기는 또 한 번 급한 물살로 바뀐다. 예안읍 선성산 앞을 지나고 광산 김씨네 집성촌 외내[오천(烏川)] 옆을 지나 안동으로 유유히 흘러가는 것이다.

나는 여름철에는 강의 한 복판에 웅크리고 있는 풍월 바위에 시도 때도 없이, 헤아릴 수 없을 정도로 자주 기어올랐다. 그 바위에서 강물에 뛰어들기도 하고 졸음이 오면 누워서 낮잠도 자고 만화책도 보곤 했다. 학교에 다니느라 집을 떠나 있다가 방학이 되어 집에 오면 강에 나가서 물 밖에 나와 있는 자라처럼 풍월바위에 가만히 엎드려 있다가 늘매 쪽 강 언덕으로 지나가는 젊은 여인들이 눈에 띄면 큰 소리로 말을 떠걸고 그때 말로 "히야까시"를 하곤 했다. 오늘날 같으면 성희롱 했다고 고소를 당해도 여러 번 당했을 것이다. 그때 내게 놀림을 받던 아가씨들도 벌써 7,80대 노인이 되었을 것이니 빠르다 세월이여-.

여름철 낙동강에 가서 물놀이를 할 때는 실오라기 하나 걸치지 않은 알몸으로 그 소중한 불알 두 쪽을 다 내놓고 아프리카의 하마처럼 강물을 그냥 쭉 들이마실 때도 있었다. 아무리 강의 상류라 맑고 깨끗하다 해도 온갖 쓰레기들을 마구 강에 버리는 시절에 우리는 그 강물을 여과 없이 그대로 마시고 살았다. 그런데도 심장, 위장, 폐 어디를 살펴봐도 내 건강이 남들보다 못하지는 않다 하니 여기서는 현대의학도 할 말을 잃은 것 같다.

좌우간 나는 낙동강에서 채 100미터도 안 되는 거리에서 유년 시절을 보낸 것을 나의 자랑이요 행운이라고 생각한다. 일찍이 경상북도 청도가 낳은 시인 이호우가 〈달밤〉이란 제목으로 낙동강을 노래한 적이 있다. "낙동강 빈 나루에 달빛이 푸릅니다 / 무엔지 그리운 밤 지향 없이 가고파서/ 흐르는 금빛 노을에 배를 맡겨 봅니다// 낯익은 풍경이 되 달 아래 고쳐보니/ 돌아올 기약 없는 먼 길이나 떠나 온 듯/ 뒤지는 들과 산들이 돌아돌아 뵙니다"의 모두 세 연(聯)으로 된 시조를 써서 감수성이 예민하던 내 가슴을 멍하게 한 적이 있다. 오늘 우연히 〈달밤〉을 다시 한 번 감상할 기회가 있었다. 이번에는 가슴이 멍해지기는커녕 울컥하는 설움도 느끼지 못했다. 시나 시조가 가슴에 와 닿는 것도 나이와 밀접

한 관계에 있는 것 같다.

눈물도 한숨도 없이 그저 말없이 세월과 함께 흘러가기만 하는 낙동강. 그 강 언덕에서 조약돌을 강물에 던지던 소년은 그 강을 떠난 이후 50년이 넘도록 항해 아닌 표류만 하고 있다.

오늘은 한국에 있는 조카에게서 전화 한 통이 왔다. 생가에서 몇 발짝 안 되는 거리에 멋지고 큰 정자를 하나 지었는데 내가 그 정자 이름을 지어서 붓글씨로 하나 써 보내 달라는 것. 옳다. 풍월정(風月亭) 세 글자면 되겠다. 유년 시절 그처럼 어루만지며 매달리며 놀던 사무치게 그리운 그 바위를 내 어이 잊으랴.

그래서 풍월정이라는 정자 이름에 이어 〈풍월정기〉라는 제목으로 나는 다음과 같은 글을 지어 보냈다.

풍월정은 역동집에 딸린 정자로 이천십육 년 가을 조카 두환이 역동집 왼편에 지은 것이다. 풍월정이라는 이름은 역동 앞 낙동강 한복판에 있던 흰색의 화강석 풍월바위에서 따왔다. 풍월바위는 역동의 표상. 낮에는 하동들의 놀이터가 되고 무더운 여름밤이면 시원한 강바람을 찾는 이들의 담소 장소가 되곤 했다. 역동에서 어린 시절을 보낸 사람치고 이 풍월바위에 올라보지 못한 사람이 있을까. 조카 두환이가 이름을 부탁하기에 지금은 열길 물속에 잠겨버린 풍월바위를 생각하고 이 정자를 풍월정이라 이름하였다. 역동의 후손들이여, 지나가는 길손이여, 이 풍월정에 앉아서 흘러가는 낙동강 물줄기와 강 건너 저 멀리 청고개를 바라보라. 강에서 불어오는 맑은 바람과 하늘에 떠가는 흰 구름을 보라. 그리고 천지의 무궁한 조화와 천년의 정적을 느껴보라. 서기 이천십팔 년 시월 동렬 일흔 여덟에 짓고 동래 정옥자 일흔 여섯에 쓰다.

(2018. 10.)

가훈(家訓)

〈동문선〉이란 고려 명종 때 문필가 백운거사(白雲居士) 이규보가 펴낸 그의 문집이름이다. 뛰어난 문장가로 이름을 날리던 백운거사는 〈거울〉〈여색〉 등의 명 수필에 더하여 8,000여 수의 시(詩)를 남긴 고려의 대문호로 무신정권 아래서 그는 붓 하나로 높은 벼슬에 오른 인물이다.

이기환이 백운거사에 관해 쓴 글을 보면 세상을 놀라게 한 이 문호(文豪)도 젊은 시절에는 과거에 세 번 낙방을 하고 네 번째에 겨우 급제하였다고 한다. 다음 시구(詩句)는 그의 처절한 심정을 잘 말해준다.

동문들은 모두 드날리는데
오직 나만 뒤처졌구나.
젊었던 옛 모습은 점점 사라지고
세월만 자꾸 흐르네….

과거시험에 낙방만 거듭하는 슬픈 현실에 낙담해서 사기가 떨어질 대로 떨어진 그의 모습을 두 눈으로 보는 것 같다.

이기환의 말대로 어릴 때는 집에서 개인 지도까지 받으며 유복하게 자랐던 백운거사는 과거를 보기 전까지만 해도 1등이란 1등은 모조리 거머쥔 수재였으나 과거에 연거푸 세 번이나 낙방을 하니 오죽 실망이 컸겠는가. 하다못해 당시 중국의 시험 총책임자요 서예가인 유공권에게 자기를 임금 명종께 추천을 좀 해달라는 비굴한 편지까지 썼다.

골짜기에서 나온 꾀꼬리
아직 그대로 나직히 돌면서
차츰 큰 나무에 내립니다
금림(禁林)의 버들에
의탁하고자 하니 원컨대
긴 가지 하나만 빌려주소서

긴 가지 하나만 빌려달라는 말은 고려 임금 명종에 자기를 추천해달라는 말이다.

요새 한국에서 수필 쓰는 사람은 백운거사의 〈동문선〉은 꼭 한두 번은 읽어봐야 한다는 말을 한두 번 들은 게 아니다. 그러나 한국을 다녀올 때마다 '사온다. 사온다.'하며 미루기만 하다가 오늘에 이르렀다. 백운거사는 최충헌, 최우의 무신정권 때 그들과

호흡을 맞추며 살다간 인물. 호흡을 잘 맞췄다는 말은 무슨 말인가? 좋은 의미로는 사이좋게 지냈다는 말이요 뒤틀린 심보로 말하자면 머리 숙여 아첨을 했다는 말이다.

예로부터 오늘날까지 권력에 저항한 문인도 꽤 있었지마는 그 숫자는 손으로 꼽을 수 있을 정도로 미미하다. 그 반대로 권력을 동경(憧憬), 권력과 가깝게 지내고 거기에 비위를 맞춰보려는 문인들이 압도적으로 많았던 것 같다. 그 좋은 예가 천추만대에 문명을 날린 중국의 시인 이백(높여주는 말로는 이태백)이다. 중국 문인들에 관한 책을 펴낸 이궈원(李國文) 교수에 의하면 이태백은 평생 권력에 대한 미련을 버리지 못하고 권력 주위를 맴돌았다고 한다. 그러면서도 그는 밖으로는 부귀공명을 강아지 뜬 구름 보듯이 관심 없는 척 하는 경우가 많았다. 세상 명리에는 아예 흥미가 없는 듯, 강호를 떠다니며 구름처럼, 바람처럼 살다간 신선(神仙) 이백. 그가 쓴 '봄 밤 복숭아 꽃 아래서의 잔치(春夜宴桃李園序)'에 나타난 그의 인생관은 무척 탈속적(脫俗的)이면서 초연하다.

> 대저 천지란 만물이 쉬어가는 나그네의 집이요
> 세월은 영겁을 두고 흘러가는 길손이로다
> 우리 인생은 덧없는 짧음이 꿈만 같으니
> 인간으로 태어나 즐거움을 누린다한들 그 얼마이겠는가
> 夫天地者 … 若夢爲觀幾何

이렇게 유연한 글을 남긴 문필가를 권력에 대한 그리움을 버리지 못한 사람이라고 손가락질 할 수 있겠는가? 그러나 이궈원 교수의 이야기는 다르다. 이태백은 때로는 진정한 자기의 참 모습으로, 때로는 자기가 아닌 타인의 모습으로, 때로는 자신이 되고 싶은 상상 속의 인물로, 때로는 자아를 잃고 이리저리 떠도는 모습으로 살아갔다고 한다. 요컨대 그의 삶 전체가 하나의 모순 덩어리였다는 것이다. 같은 시대에 살았던 11살 후배 시성(詩聖) 두보와는 좋은 대조가 된다.

나는 대부분 문인들은 이태백 못지않은 출세욕과 명예욕을 가졌다고 생각한다. 공명을 쫓는 얼굴 표정은 속일래야 속일 수가 없는 것. 그러나 문인들 대부분은 명예, 권력 따위는 한없이 지저분한 것, 자기는 그 따위 더러운 것에는 관심도 없고 오로지 글 쓰는 데만 마음이 있다고 한다. 문인들 중에 "나는 권력도 좋고, 명예도 좋아 한다."고 속마음을 털어놓는 문인을 보았는가? 아마도 없을 게다. 사실 대부분 문인들은 권력을 거머쥘 기회는 거의 없다. 그러나 기회가 오면 잽싸게 자리를 박차고 나가 감추고 있던 욕망을 드러내 놓는 사람들의 숫자가 생각보다 훨씬 더 많을 것이라는 생각이 든다.

나는 지금까지 스무 권에 가까운 책을 쓴 사람이니 문인으로 불려도 큰 과장은 아닐 게다.(속으로 책다운 책은 없다고 트집 잡으려는 이는 간혹 있겠지만) 나는 내 스스로 생각에 출세욕이나 명예욕, 공명심이 없는 사람은 결코 아니라고 생각한다. 그러나 나는 공명을 얻는 사람이 되기 위해서 갖추어야 할 필수적인 요건에 문제가 있다. 나는 남의 작은 일을 꼼꼼히 챙겨주는 아기자기한 대인 기술이 없다. 이를테면 남의 생일이나 결혼기념 같은 작은 일을 잘 기억해 뒀다가 그날이 오면 장미 한 송이나 굴비 한 마리라도 보내서 그 사람의 기분을 어루만져주는 일 같은 것에는 단연코 낙제점이다. 잘 보이고 싶은 마음이 없어서가 아니라 그렇게 하기가 귀찮기 때문이다.

모임에서 내게 어떤 이익을 줄 수 있는 사람이 눈에 띄면 얼른 찾아가서 반갑게 인사를 해야 할 텐데 이것도 내 적성에는 맞지 않는 일이다. 사람이 한없이 게을러 빠져서 그런 것들, 출세에 필요한 기본적 행동에는 낙제점인 사람이 어찌 공명을 바라겠는가.

벌써 수십 년 전 한국에 다니러 갔을 때였다. 나의 선배이자 은사가 되는 C교수가 어떤 모임에서 자기가 우리집 가훈(家訓)을 알고 있다면서 다음과 같은 가훈 하나를 들려주었다.

> 세상은 도도히 흘러가는 흙탕물 도랑.
> 그 옆에 한 줄기 맑은 물이 졸졸 흘러나올 때가 있지 않느냐.
> 너희는 이 한줄기 흘러나오는 맑은 물줄기가 되어라.

한줄기 맑은 물줄기가 되기는커녕 내 자신도 흙탕물이 되어 흘러가고 있는 때가 많은 걸! 나도 들어보지 못한 우리집 가훈을

C교수가 알고 있으니 이걸 부끄러운 일이라고 해야 하나 영광스러운 일이라고 해야 하나. 아마 둘 다이지 싶다. 이 가훈에 충실하자면 권세와 공명을 얻으려는 내 희망은 저만치 물 건너가고 마는 것이다. 아무튼 공명을 얻기 위해 뛰어다녀야 할 대부분의 청춘을 낯설고 물설은 이 나라의 머슴으로 보냈는데 이제 와서 아닌 밤중에 홍두깨지, 부귀공명은 또 무슨 부귀공명이람!

(2014. 4.)

민들레 핀 들판 길을 걸으며

내가 이 세상에 태어나서 맨 처음으로 본 꽃은 무슨 꽃이었을까? 개나리? 민들레? 아니면 참꽃? 지금 와서 그게 궁금한 것은 어디 쓸 데가 있어서 그런 것은 아니다. 그저 내 호기심 때문이다. 민들레를 보면 민들레가 이 세상에서 제일 예쁜 꽃으로, 개나리를 보면 개나리가, 장미를 보면 장미가 이 세상에서 제일 예쁜 꽃이라는 생각, 한마디로 간에 붙었다 쓸개에 붙었다 하는 내 간사함에서 오는 호기심 때문이다. 이 세상에서 무슨 자극이든지 맨 처음 보는 자극에 더 호감이 간다고 우기는 친구가 있으니 만약 내가 민들레를 맨 처음 봤다면 민들레가 더 예쁜 꽃으로 보일 것이 아닌가.

사실 내가 어려서 맨 처음 본 꽃은 개나리 아니면 민들레였을 확률이 가장 높다. 내가 자라던 생가가 있는 곳은 두메산골. 눈에 띄는 꽃이라야 개나리, 봉선화, 할미꽃, 참꽃, 분꽃밖에는 더 없던 것 같다. 참꽃은 산에 가야 볼 수 있는 꽃이지만 개나리와 민들레는 사람들이 모여 마을을 이루고 사는 데, 즉 풀이 있는 곳이라면 어디에도 나타나는 것이기 때문에 내가 맨 처음 본 꽃도 이 둘 중에 하나였을 확률이 가장 크다.

본격적인 봄이 시작되었다는 공식 선언은 아무래도 개나리와 민들레가 해 준다. 둘 다 노란색의 귀여운 꽃잎에, 둘 다 아무데서나 잘 자란다. 내 생가 안채 뒤 정원에 피는 민들레, 개나리 말고도 집 뒤로 솔밭이 끝나는 가장자리 언덕, 사람들이 잘 다니지 않는 으슥한 곳에 해마다 개나리가 떼를 지어 피곤했었다. 어느 날 나는 혼자서 그 개나리를 보러갔다. 왜 거길 갔는지는 생각나지 않는다. 개나리의 아름다움을 감상하러 갈 정도로 내 정서가 성숙하지는 않았을 테니. 틀림없이 집에서 야단을 맞고 홧김에 집을 나서서 혼자 걷다보니 거기까지 갔지 싶다. 갈 때는 혼자 갔다가 으슥한 구석에 핀 개나리를 보고 겁에 질려 걸음아 날 살려라 하고 집으로 줄행랑을 쳐 오던 생각이 났다. 어릴 때는 산에 가면 문둥이가 꽃 뒤에 숨어 있다가 동렬이 너를 잡아간다는 거짓말에 속아서 큰 꽃 숲에는 가까이 가기가 무서웠다.

캐나다에 온 후로 민들레와 개나리는 항상 내 주위에 있었다. 유학생 시절에 우리가 살던 곳은 2차 대전 때 군인들이 머물던 허름한 막사를 개조한 그야말로 수준 이하의 서양식 초가삼간. 문만 열면 저쪽으로 큰 나무가 울창한 숲 옆길을 따라 노오란 민들레가 별처럼 반짝이는 게 보였다. 그러나 그 시절 공부에서 오는 긴장감 때문에 민들레고 진달래고 뭐고 예쁘다는 생각은 전혀

들 겨를이 없었다.

런던 온타리오에 살 때는 봄이 오면 앞마당 잔디 위에 민들레 몇 놈이 숨어 들어와 어느새 노랗게 피어 있곤 했다. 눈에 띄기만 하면 '이 녀석이야말로 인류의 적이다.'라는 생각이 들어 무슨 수를 써서라도 뿌리째 뽑아버렸다. 민들레가 얼씬거리지 못 하도록 독한 농약도 뿌렸다. 씨를 말려버리자는 말살 정책. 이렇게 돈까지 써가며 농약을 뿌려가며 못살게 구니 제아무리 끈질긴 민들레라 한들 어찌 견뎌낼 수 있겠는가. 우리 집 정원에는 감히 명함을 내밀지 못했다.

지금 은퇴해서 살고 있는 곳은 정원에 민들레고 봉선화고 개나리도 보이지 않는 콘도미니엄. 아침저녁 콘도미니엄 뒤로 펼쳐진 들판 길을 걸으면서 노다지로 피어있는 민들레를 본다. 이제는 '인류의 적'이 아닌 반갑고 귀여운 민들레다.

민들레는 서민적이라서 좋다. 그저 수수하고 모난 구석이라고는 찾아볼 수 없는 이웃집 아주머니 같다. 목련은 멀리서 보면 화려하나 가까이 가서 보면 꽃잎 하나 온전한 게 드물다. 그러나 민들레는 가까이 가서 들여다보면 어린 아기의 이빨같이 촘촘히 박힌 꽃잎의 귀엽고 사랑스런 느낌이 든다.

민들레가 핀 들길을 걸을 때면 우리는 세상일은 저만치 밀쳐두고 걷는 기분에 사로잡힌다. 민들레는 발로 밟고 지나가도 이튿날이면 다시 한 번 밟아달라는 듯 고개를 쳐들고 있다. 가장 흔해빠진 꽃으로 도시에 사는 주민에게는 잡초에 지나지 않는 성가신

꽃. 그러나 항상 우리 곁에 머물면서 봄만 되면 온 들판을 노오란 색깔로 물들여 놓는다.

오늘은 맑은 날이다. 민들레 핀 들길을 걸으며 '세상은 참 아름답구나.'라는 생각이 들었다. 민들레를 밟으며 들판 길을 걸을 수 있다는 게 여간 큰 축복이 아니구나 하는 생각은 집에 돌아온 후 몇 시간이 지나서 난 생각이다.

(2016. 4.)

동요 〈가을 밤〉

내가 집에 있을 때면 앉아서 책이나 텔레비전을 보고 낮잠도 자며 게으름을 부리는 소파, 우리집 물건이 된 지가 올해로 45년이 넘어, 천갈이를 서너 번 해준 소파, 바로 옆에 향나무로 만든 조그만 상자 하나가 놓여 있다. 이 상자 속에는 우리 부부가 젊은 시절에 연습 삼아 쓴 붓글씨 뭉치와 누나가 시집가기 전 붓글씨로 베낀 〈천자문〉 한 권이 아무렇게나 놓여있고 상자 맨 밑바닥에는 겉장에 붓글씨로 "국어 제 1학년 이동열"(그때는 동렬이 아니고 동열이었다.)이라고 쓰여 있는 작은 공책(notebook)이 한 권 깔려있다. 내가 초등학교를 입학하기 전 집에서 한글을 연습하던 것임에 틀림없다.

공책을 열면 "아버지는 나귀 타고 장에 가시고 할머니는 건너 마을 아저씨 댁에… 고추 먹고 맴맴, 담배 먹고 맴맴." 따위의 동요를 10번, 20번 넘게 되풀이해서 쓴 것이 나온다. 내가 6살 때였으니 지금부터 꼭 70년 전, 고사리 손으로 연필에 침을 묻혀가며 쓴 것이다.

나는 소파에 앉아 벽에 걸려있는 생가 주위의 풍경 사진들을 우두커니 쳐다보다가 그 향나무 상자 속에 든 국어 공책으로 손이 갈 때가 있다. 그 공책을 보면 일흔 중반 나이에 어린 시절의 발자취를 보는 것 같아 정다운 회포의 느낌이 들기 때문이다. "아버지는 나귀타고 장에 가시고 …." 요새 아이들은 도대체 무슨 말인지도 모를 태곳적 노랫말이다. 요새 세상에 나귀를 타고 장에 가는 사람은 영화 속에서도 볼 수 없는 풍경이 아닌가.

대부분의 동요는 어린 아이들의 심정을 미루어 짐작해서 어른들이 쓴 것이다. 그러나 어린 아이가 쓴 시(詩)가 어른의 가슴을 칠 때가 있다. 글은 곧 마음의 그림, 어린 아이가 쓴 시에서 풍겨나오는 천진난만함과 진실성이 세파(世波)에 찌든 어른의 마음을 향해 4월 훈풍처럼 불어올 때, 어른 가슴은 그 훈풍에 흔들리고 마는 것이다.

조선 역사에는 어려서부터 시(詩)로 이름을 날리던 신동들이 한둘이 아니다. 선조 조의 율곡(栗谷) 이이는 그가 여덟 살 때 파주에 있는 화석정에 올라서 칠언절구(七言絕句)를 읊어 세상을 놀라게 했다고 전한다. 나는 젊은 시절 붓글씨를 쓸 때 그것이 율곡이 어렸을 때 지은 시인지도 모르고 몇 번 쓴 적이 있다.

숲 정자에 가을이 저무니 나그네 시정은 그지없어라 … 산은 외로운 달을 토하고 강은 만리풍을 머금었는데 변방 기러기들은 어디를 가나…

林停秋已晩 … 聲斷暮雲中

위의 시가 과연 율곡이 지었는지에 대해서는 말이 많다. 내 생각으로는 여덟 살 소년이 어른 정서를 가졌다면 그다지 반가운 소식은 아니다. 그러나 율곡은 13살 되던 해에 과거에 급제한 신동이 아닌가.

명종 때 하서(河西) 김인후는 다섯 살 때 하늘을 주제로 글을 지어보라고 했더니 "형체는 둥글어라 / 하 크고 가물가물 / 넓고 넓고 비어 비어 / 지구가를 둘렀도다"라고 했다하니 다섯 살에 옆 동네도 잘 모르던 나 같은 바보가 있는가 하면 지구가 있다는 것까지 훤하게 알고 있는 어린놈도 있으니 인생은 애당초 이렇게 불공평하게 시작되는가 보다.

어른들이 어린아이들 심정을 대신해서 동요를 지은 것을 보면 어린이들 현실과는 맞지 않는 노랫말이 가끔 눈에 띈다. 예로, 내가 초등학교에 다닐 때 배운 노래 중에 〈가을밤〉이라는 노래가 있다. 노랫말은 다음과 같다.

울 밑에 귀뚜라미 우는 달밤에
길을 잃은 기러기 날아갑니다
가도 가도 끝없는 넓은 하늘로
엄마 엄마 찾으며 날아갑니다

언제였던가. 내 손에 들어온 새 동요집을 뒤적이다가 멜로디는 〈가을밤〉과 같으나 노랫말은 생판 다른 노래 한 곡이 눈에 띄었다.

가을밤 고요한 밤 잠 안 오는 밤
기러기 울음소리 높고 낮을 때
엄마 품이 그리워 눈물 나오면
마루 끝에 나와 앉아 별만 셉니다

아무리 외로운 가을밤이라 해도 아이들이 잠 못 이루며 이리 뒤척 저리 뒤척 하지는 않는다. 드러눕자마자 잠에 곯아 떨어지는 것이 어린 아이들의 특성. 엄마 품이 그리워 잠을 못 이루고 밖에 나와 마루에 앉아 별을 헤이는 낭만이랄까 추상은 대부분 나이 어린 아이들에게서는 찾아 볼 수 없는 행동일 거다. 그러니 이런 노래는 어른들에게는 몰라도 어린 아이들에게는 그들이 처한 현실과는 맞지 않는 노랫말이라고 생각된다. 그리고 농촌의 초가집 대부분에는 마루가 없고 문을 열면 바로 방이다. 부잣집 몇은 방 옆에 딸린 마루가 있었지만….

조선 22대 임금 정조 때 규장각을 짓고 서얼 출신이라는 이유로 출셋길이 막힌, 그러나 능력은 뛰어난 선비들을 불러들여 검시관 일을 시켰는데 그 핵심 인물 중에 청장관(靑莊館) 이덕무라는 선비가 있었다. 누가 한 말인지는 생각나지 않으나 청장관은 매월당 김시습과 같이 조선 517년에 나온 삼대 천재로 꼽히는 큰 선비라는 말이 있다. 그에 따르면 시인이란 어린 아이의 마음을 잃지 않는 사람이라는 것. 그런데 세상 이치를 알고 재물과 명예에 욕심을 내면서 차차 동심을 잃어버리게 되고 그 결과 시인의 자질도 망가진다고 하였다. 그는 꾸밈이 없는 어린 아이 같은 천진난만함과 진실함이야말로 시인이 걸어야 할 길이라 믿었다. 오늘날 주위를 돌아보면 한 치의 어긋남이 없는 말임을 알 수 있다.

우리가 어린 시절을 그리워하는 것은 그 시절의 순정을 그리워하기 때문이다. 세상살이가 각박하다는 말은 정(情)을 주고받기가 힘들다는 말일게다. 정(情)은 시(詩)의 어머니요 산실. 순정을 잃으면 시심(詩心)은 아침 안개처럼 사라진다. 어른들은 물론 어린 아이들도 순정을 주고받기가 점점 힘들어지는 세상이 되어가고 있다. 시인이라고 우리네와 다를 것은 없는 것 같다.

(2016. 4.)

단풍(丹楓) 단상

모두가 올 여름은 기록적인 더위였다고 합니다. 우리 같이 하루 종일 집안에 틀어박혀 꾸물대기만 하는 은퇴족들은 밖에 나갈 일이 적으니 바깥 날씨가 추우나 더우나 별 상관이 없습니다. 이제 더위는 완전히 물러간 것 같고 아침저녁으로 베란다 문을 열면 제법 쌀쌀한 공기가 집안 거실로 몰려들어 옵니다.

우리 부부가 아침저녁 산책하는 길 양편으로는 꽤나 울창한 숲이니 요즈음 같은 때는 울긋불긋한 색깔의 단풍잎이 온통 산책로를 뒤덮습니다. 런던 온타리오에서 집을 지니고 살 때는 가을이면 앞뜰에 떨어진 나뭇잎을 긁어모아 큰 푸대에 담아 쓰레기로 버리는 것이 늦가을의 큰 행사였습니다. 그걸 못 해본 지가 벌써 20년이 가까워 오네요.

고등학교 국어 시간에 이효석의 〈낙엽을 태우면서〉 라는 제목의 수필을 읽던 생각이 납니다. 다른 것은 다 잊어버렸으나 "낙엽을 태우면 구수한 커피 향 냄새가 난다."는 구절은 잊어버리지 않고 있지요. 그 글을 읽을 때까지 나는 커피를 마셔본 기억이 없는 시골뜨기였으니 읽는 글의 내용도 나에게는 별 관심도 재미도 없었던 것으로 기억합니다.

산책길 옆 나무 밑으로 흩어져있는 낙엽은 아무도 손대는 사람이 없으니 해마다 가을이 다녀가면 올해 낙엽이 지난해 낙엽 위에 떨어져 켜켜이 쌓입니다. 인간 세상에 비유하면 한 세대가 죽어서 먼저 간 세대 위에 쌓이는 것과 같다는 말이지요. 낙엽이 지면 곧 겨울이 옵니다. 겨울은 죽음의 계절. 젊었을 때는 가을은 천고마비(天高馬肥)의 계절이니 독서의 계절, 남자의 계절, 회상의 계절 등 화려한 수식어들이 많이 따라붙기도 했지마는 내 나이 70을 넘으니 이것도 저것도 아니요, 그저 쓸쓸하고 고즈넉한 계절이라는 생각밖에는 들지 않습니다. 가을의 의미가 약간 달라졌다는 말이지요.

나무 밑으로 떨어진 단풍을 보면 생사윤회(生死輪迴)에 대한 생각이 절실한 것은 어쩔 수 없습니다. 수레바퀴처럼 돌아가는 삶과 죽음의 맞물림. 나무 밑에 떨어져 있다가 계절이 바뀌면 새로운 낙엽이 지난해의 낙엽 위에 조용히 내려 앉아 맨 밑에 깔렸던 낙엽은 썩어서 그 나무에 자양분(滋養分)이 되어 한 여름을 잘 지내게 해 준 그 은혜에 보답하는 그 끝없는 윤회(輪迴)—. 이렇게 보면 나고[生] 죽는 것[死]에 구별이 분명치 않다는 말도 성립되지 않겠습니까.

물론 단풍의 죽음은 사계절이란 외부의 힘에 의해서 오는 것입니다. 나무의 생명이 무한하고 한 번 피어난 잎은 떨어지지 않고 영원히 나무에 매달려있다면 플라스틱 잎사귀나 마찬가지니 이 얼마나 재미없고 멋없는 일이겠습니까. 우리 인생에 죽음이 없는 것과 마찬가지. 인생에 죽음이 없다면 해와 달이 없는 천지와 다를 게 없습니다. 죽음이라는 게 있기 때문에 인간들이 사는 세상에는 교회도 있고 절도 있고 무당, 기도도 있고, 울분, 저주도 있는 것입니다.

서울에서 학교를 다닐 때, 국화꽃 피는 가을이 되면 경복궁에서 열리는 국전(國展)에 가던 일이 생각납니다. 나는 국전에 가면 서양화보다는 서예와 동양화 전시실을 돌아보기를 더 좋아했습니다. 특히 서예실 다음에 있는 동양화실에 가서 고희동, 노수현, 배렴, 허백련, 이상범 등 당대를 호령하던 대가들이 그린 산수화를 감상하는 것은 크나큰 즐거움이었습니다. 이제 이 거장들은 모두 선계(仙界)로 가셨으니 한국적 정서가 물씬 배어나는 이들의 산수화도 볼 수 없게 되었습니다. 옛날에 동양화로 불리던 그림의 화풍 자체가 바뀌어버렸다니 나 같은 문외한에게는 이게 동양화인지 서양화인지 구별조차 힘들 때가 많습니다. 집에서 쓰는 전화기가 다이얼을 돌리던 시대가 가고 스마트 폰 시대가 온 것처럼 그림도 청전(靑田) 이상범이나 의제(毅齋) 허백련 같은 거장들이 풍기는 의연한 화풍은 자취를 감춘 지 오래라고들 하네요. 나이가 들면 이 거장들이 보여주던 한국의 산하(山河)가 몹시 그립습니다.

단풍이 붉게 물들면 나는 떠오르는 시(詩) 한 수가 있습니다.

작자는 노산(鷺山) 이은상. 그가 젊었을 때 금아(琴兒) 피천득이 금강산에 다녀와서 단풍잎 하나를 노산에게 선물로 보냈는데 이 단풍을 받은 노산이 기뻐서 답례로 지은 시로 알려져 있습니다.

단풍 한 잎사귀 얼른 받으오니
그대로 내 눈앞에서 서리치는 풍악산을
잠긴 양 마음이 뜬 줄 너로 하여 알겠구나

새빨간 이 한 잎을 자세히 바라보니
풍림(楓林)에 불태우고 석양같이 뵈네
가을 밤 궂은 비 소리도 귀에 아니 들리는가

나무 잎사귀 하나를 달랑 선물이라고 보내는 시인도 시인이지마는 그걸 받고 좋아서 답례로 시를 쓴다고 끄적이는 시인의 마음도 우리네와는 좀 다른 것 같습니다. 여하튼 곱게 물든 단풍 한 잎이 시인의 마음을 움직일 수 있는 힘을 가졌다는 것은 정말 예전엔 미처 몰랐습니다.

(2016. 9. 6.)

함양 나들이 삼제(三題)

지난봄에 한국을 다녀왔습니다. 이렇게 먼 거리를 여행할 수 있는 것은 건강이 뒷받침 해준다는 산 증거라 하니 이번 방문이야말로 큰 축복이었다는 생각이 들었습니다. 3년이란 세월은 길다면 길고 짧다면 짧은 시간. 3년 사이에 행운유수(幸運流水), 유명(幽明)을 달리한 사람들이 많고, 혼자 지내다가 배필을 만나 하루아침에 사모님으로 승격한 행운아도(불행아도) 있었습니다. 결혼해서 어엿한 아기 엄마가 된 학생도 있고, 아기 엄마였던 학생들은 사춘기로 접어드는 자녀들을 걱정하는 원숙한 아줌마들도 있었습니다.

벌써 20년이 넘었습니다. 내가 한국 정신문화연구소(현 한국학중앙 연구소)에 방문 교수로 가 있던 어느 날, 나는 당시 연구소의 도서관장으로 있던 J교수에게 "풍광이 뛰어나고 이름이 높은 종갓집을 하나 추천해 달라"는 부탁을 했습니다. 그때 J교수가 추천한 곳이 함양군 개평리에 있는 일두 정여창의 옛집이었습니다.

꼭 한 번 가보리라고 벼른 것이 20년이 넘은 지난 5월에야 드디어 실행에 옮길 수 있었습니다.

일두의 옛집은 생각했던 것과는 달리 일반 사람들이 사는 동네에서 멀리 떨어지지 않은 평지에 자리 잡고 있었습니다. 200년이 넘은 사랑마루에는 충효절의(忠孝節義) 문헌세가(文獻世家) 백세청풍(百歲淸風) 세 글귀가 이집을 들어서는 방문객들에게 주인의 인생철학을 말해 주고 있는 것 같았습니다. 자신의 호를 '한 마리의 벌레'라는 의미의 일두(一蠹)라고 자호(自號)한 그는 사화에 연루되는 바람에 모든 문집이 불타 없어져 버렸다하니 여간 안타까운 일이 아닙니다.

사가(史家)들은 사화(士禍)는 개국공신파와 중앙 정계에 진출한 사림파 선비간의 충돌로 봅니다. 즉 나라 안의 토지를 대부분 부당한 방법으로 집어 삼킨 개국공신파가 이제는 더 집어 삼킬 토지가 줄어들자 사림파 선비들의 토지를 넘보기 시작했습니다. 사림파 선비들은 개국공신파 수준은 아니지만 일두처럼 여유 있는 지주계급. 자기 밥통을 노리는 사람을 좋아할 사람이 이 세상에 어디 있었겠습니까. 충돌은 불가피한 것이었지요.

조선의 2대 학맥 중의 하나는 영천의 포은(圃隱) 정몽주에서 시작하여 선산의 야은(冶隱) 길재로, 길재에서 김숙자에게로, 김숙자에서 그의 아들 점필제(佔畢齋) 김종직에게로, 김종직에서 한훤당(寒暄堂) 김굉필과 일두 정여창으로 이어집니다.

그러니 일두는 자기의 후학들에게 영남학맥의 바톤을 넘겨주는

데 없어서는 안 될 청진 사류입니다. 일두는 임금 연산을 가르쳐 본 것과 안의 현감을 지내본 것 외에는 벼슬을 크게 해 본 어른은 아닙니다. 그러나 조선 성리학 다섯 사람의 현자(賢者) 가운데 하나로 꼽히며 문묘에 배향된 당시 유학의 떠오르는 샛별이었습니다.

일두 이야기를 하면서 한훤당 김굉필을 빼 놓을 수 없지요. 일두는 김종직 문하에서 평생 학문과 생의 길잡이가 된 한훤당 김굉필을 만났습니다. 이 둘의 만남은 조선 유교 사상사에서 운명으로 꼽히리만큼 조선 유학을 도학의 기풍으로 감싸고 그 철학적 바탕이 되는 이기론을 태동시켰습니다. 이 두 선비들 중에 누가 먼저라고도 말할 것도 없이 선비로서 "맑고 깨끗하고 기품 있는 도학자적 삶"을 추구하는 것을 생활신조로 삼은 모두 대쪽같이 곧고 푸른 선비들입니다.

일두 집을 뒤로 하고 학사루로 갔습니다. 학사루는 함양 읍내에 있는, 특징이라고는 별로 없는 평범한 목조 건물로서 신라 때부터 있었던 건물이라 합니다. 물론 그 사이에 중수를 여러 번 했겠지요. 27살에 병조판서가 되어 천하에 이름을 떨치던 남이장군을 모함해서 죽음으로 몰고 갔다고 해서 세상 사람들의 손가락질을 받은 유자광이 일찍 함양 학사루에 올라 자기의 시 한편을 현판으로 남기고 갔다 합니다. 평소에 그를 소인배이라고 비웃던 김필제 김종직이 함양 군수로 오게 되어 학사루에 올라 유자광이 걸어둔 현판을 보고 "저건 이런데 걸어둘 글씨가 아니다."며 내려서 불태워 버렸답니다. 이 소문이 유자광의 귀에 들어가자 자기를 무시한데 분개, 그때부터 그의 무섭고도 끈질긴 보복의 칼날을 그의 능숙한 대인술 속에 깊숙이 숨겨두고 아무 일도 없었다는 듯 교류하였습니다. 세월이 흘러 구세력과 사림파 선비들이 충돌하자 유자광은 때는 왔구나 싶어 연산군을 부추겨 김종직을 이 충돌에 연관시켜 끝내 그를 부관참시로 몰고 갔습니다. 그래서 이 학사루는 무오사화 설명에 빠질 수 없는 존재가 되고 말았지요. 정자에 걸린 현판 하나가 사람을 죽이느냐 살리느냐 까지 몰고 간 사연이 있다는 것을 생각하면 다른 시 한 수, 현판 하나라도 그냥 지나쳐 보이겠습니까? 소름이 끼칩니다.

학사루를 버리고 상림(上林)으로 갔습니다. 상림이란 함양읍의 옆을 흐르는 강의 홍수를 막기 위해 함양 태수 고운(孤雲) 최치원이 조성한 숲 이름입니다. 고운이 신라 말기의 사람이니 그 숲의 나이도 천 년을 넘었다는 말이지요. 최고운이 조성한 숲이라고 여느 숲과 다를 게 있겠습니까마는 우리는 이 숲을 거닐며 "이번에 한국에 오기를 참 잘했다."는 생각을 아니할 수 없었습니다.

우리 부부는 시공(時空)을 뛰어넘어 신라 최고운 시대의 사람으로 둔갑을 하여 손을 잡고 걷고 있다는 착각에 빠지게 되었습니다. 환상이나 착각을 하는 것은 반드시 정신건강을 해치는 것만은 아니라는 것을 이 숲을 벗어나서 머물던 모텔로 돌아온 뒤에야 깨달았습니다.

(2017. 5.)

대상포진

몇 달 전에는 대상포진이라는 병에 걸렸다. 대상포진이라 하면 신미양요 때 있었던 강화도의 어느 포대 이름 정도로 알고 있었는데 내가 어떻게 이 몹쓸 병에 걸려들다니. 세상에 있는 고생이란 고생은 다 했다 싶은 생각이 들었다.

벌써 몇 년 전 아내가 "우리도 대상포진 예방주사를 맞자."고 하는 것을 내가 엄숙히 대답하기를 "나는 경상북도 안동 산골에서 자란 야생마. 지금까지 봄이 오면 꽃가루 알레르기로 고생한 적도 없고, 먹지 말았어야 할 음식을 먹어 온몸에 두드러기가 돋은 일도 없었던 자연산. 나는 그런 문화병에 걸리는 약골이 아니오." 힘을 주어 '아니오'라는 말을 하고 보니 내가 비록 늙은 몸이나 보기 드문 사나이요 고집 센 첨지라는 생각이 들었다.

그런데 대상포진은 내게도 오고 말았다. "예방 주사도 안 맞겠다고 버티던 녀석, 어디 한번 맛 좀 봐라." 내 몸에 상륙한 대상포진 지휘관은 여간 가혹한 공격을 명한 것이 아닌 모양이다. 망치로 내 팔뚝 뼈를 으깨는 듯한 아픔, 이 아픔이 단 10초의 휴전(休戰)도 없이 밤이고 낮이고 계속 이 가엾고 무식한 첨지를 공격해 대는 것이었다. 여자들이 출산할 때가 제일 아프다지만, 만천하의 여성들이여 그대들은 모른다. 이 대상포진에서 오는 아픔은 출산의 아픔 2배, 3배는 되고도 남는다는 것을. 옛날 박정희 정권 때 남산에 있는 중앙정보부에 끌려가서 이토록 아픈 고문을 받았다면 나는 그들이 요구하는 자백서에는 물론, 있는 사실 없는 사실 마구 불어대며 이제 고문을 멈추어 달라고 싹싹 빌었을 것이다.

내 평생 맨 처음 당하는 이 고통, 맨 처음이란 말에 잠시 귀 기울여보자. 우리는 이 세상을 살아가는 동안에 맨 처음 겪었던 일을 오래오래 기억한다. 첫날밤, 첫 데이트, 첫 키스, 첫사랑, 첫 선, 첫 눈물, 첫 눈[雪], 첫 자동차, 첫 아이… 등등 헤아릴 수 없을 정도로 많다.

계속해서 노출되는 일련의 자극에서 맨 첫 번째와 맨 끝에 있는 자극은 중간에 있는 자극보다 더 기억이 잘된다. 이를테면 시조 구절이나 대중가요의 노랫말도 첫 구절은 기억이 나지만 두 번째, 세 번째 구절은 잘 기억하지 못한다는 것이다. 요컨대 중간 구절에서 제일 기억하지 못하고 가사를 틀리는 경우가 많다. 실험실에서 인간의 기억을 연구한 독일의 심리학자 에빙하우스(Ebbinghous)는 이 이유를 간섭 혹은 훼방(Interference)이라는 개념으로 설명하나, 여기에서 다룰 문제는 아니다.

나는 초등학교에 입학해서 가졌던 첫 운동회를 기억한다. 8명인가 6명으로 그룹을 지어 뛰는 달리기에서 한복에 고무신을 신고 나가서 맨 꼴찌로 들어온 일이 생각난다. 내가 맨 꼴찌가 아니고 3등이나 4등을 했다면 그 일의 기억 여부도 달라졌을 것이다. 어허, 생각하니 70년 세월이 바람에 흩어져 버렸네.

우리는 왜 첫 번을 그리 좋아할까? 나쁜 일 빼고는 모두가 첫째, 첫째를 좋아한다. 수석 입학, 수석 졸업, 첫사랑, 이 얼마나 부러운 일이냐.

제일가는 미인, 제일가는 성악가, 화가, 학자, 동네 제일의 부자 등등 이루 헤아릴 수 없을 정도로 널려있는 1등 혹은 첫째는 이 사회의 동경 대상이다. 첫째에는 많은 사회적 인정과 박수갈채가 따른다. 그러나 꼴찌는 고독하다. 사회적 박수갈채보다는 무시가 뒤따를 때가 더 많고 본인의 자존감을 올리는데도 별 도움이 되지 않는다.

첫째라면 무슨 수를 써서라도 물불을 가리지 않고 거머쥐려는 열성파들이 있다. 첫째는 주로 인지, 예·체능일 때, 다시 말하면 잘했다 잘하지 못했다의 능력 평가가 가능한 경우에 그 빛을 발하는 것이다. 인지, 예·체능 분야가 아니고는 첫째는 별 볼일 없다. 이를 테면 누가 달리기를 먼저 할 것인가 하는 순서를 정하거나, 예술 작품 발표 순서를 정하는 것들이다. 이런 데까지 신경이 예민해지는 사람들이 있다. 어릴 때 남의 인정(認定)과 칭찬을 많이 받아보지 못한 내력을 가진 사람일수록 더욱 그렇다.

이번 대상포진을 앓고 무엇을 얻었는가? 그 병이 상상 의외로 아프다는 사실 말고는 없다. 그러나 잃은 것은 많다. 예방주사를 권하던 아내의 말을 듣지 않았던 게 가장 큰 화근(禍根)이었다. 그 정도의 예방의식도 없는 사람이 2,30년에 걸쳐 한 가정을 다스렸다니, 할 말이 없다. 집안 통수권이 아내한테로 넘어간 지가 벌써 옛날이지만 이제는 주권 회복 가능성도 멀어져가는 등댓불같이 아득해진다.

(2017. 7.)

바람이
지나간 자리

보약(補藥)

나는 한약(漢藥)을 별로로 생각합니다. 그 이유를 설명하자면 거의 70년 전으로 돌아가야 합니다. 초등학교 때 아버님과 같은 방(房)을 썼습니다. 밤중에 화장실에 가느라 잠이 깨면 방안 가득한 안동초(安東艸) 독한 담배 연기 속에 아버님은 한약을 썰고 계실 때가 자주 있었습니다. 가끔 어디서 처방전(處方箋)이라도 한 장 받아오는 날이면 그날 밤으로 그 처방전을 놓고 한약을 조제하시는 것이 큰 즐거움이었나 봅니다. 그러나 나는 약을 조제하실 때마다 안동초 연기를 마셔야 하니 그 독한 안동초 담배 연기는 소련의 생리학자 파브로프(I. Pablov)의 실험에서 무조건 자극이 되고 한약이라는 말은 조건 자극이 되었다고나 할까요.

하여튼 초등학교 이후 나는 안동, 대구, 서울로 떠돌게 되었으니 한약은 나와는 아무런 관계가 없게 되었습니다. 세월이 흘러 내가 대학원을 졸업하고 어느 대학 연구소에 있다가 캐나다 밴쿠버에 있는 브리티시 콜롬비아(British Columbia) 대학으로 유학을 가게 되었습니다. 전액 장학금에 한미재단 여비 장학금까지 받았으니 당시로서는 끝내주게 영광스럽고 자랑스러운 것이었지요.

학위를 끝내고 내륙에 있는 조그만 시골대학에 교수로 직장을 얻었습니다. 그때 월급으로는 생활도 넉넉지 못했습니다. 그럼에도 불구하고 벼르고 벼르던 아버님 어머님을 우리가 사는 캐나다로 초청했습니다. 아버님은 답답해서 못 견디겠다며 곧 한국으로 돌아가시고 어머니는 2년을 넘게 계셨습니다. 어머님은 한국으로 돌아가시기 전날 그 감회를 우리 부부에게 주는 편지에 적으셨습니다.

> … 네 성공 기대하여 만 리 이역 떨어져 보나 조양석월(朝陽夕月) 어느 날에 있을 수가 있겠느냐. 오매불망하는 심정 천신이 도우신가, 네 몸이 성공하여 오라 말이 반갑더라. 세인의 축하를 받으며 몸도 날고 마음도 날아와 신구면목의 반가움과 타국의 좋은 풍광 안면도 현수하고 언어도 불통이나 완상하여 잘 지내고 네 비록 직무에 골몰하여 한가한 날 없었으나 현부의 위친성효(爲親誠孝) 법가(法家)의 유풍(遺風)이라 긍긍읍읍 보양하니 고황신질(膏肓身疾) 그만하고…

아버님 어머님이 밴쿠버 공항에 내리시는 날, 아내는 400마일 떨어진 넬슨 집에서 기다리고 있고 나 혼자 차를 몰고 밴쿠버로 나왔습니다. 그런데 통관에 문제가 생겼습니다. 아버님 보따리에서 산(山)만한 한약 보따리가 하나 나온 것입니다. 세관원은 이것을 당장은 통과시킬 수 없으니 2,3일 후 내용물 조사를 더한 후에 찾아가라는 것이었습니다.

내게서 초청장을 받은 바로 그날부터 아버님은 내가 다려 먹을 보약을 장만하신 것입니다. 공부만 하는 이 허약한 동렬이를 튼실한 젊은이로 만들려고 그야말로 진시황이 만리장성 역사를 시작하듯, 일심정기로 용돈이고 생활비고 아끼고 아껴 모은 돈을 전부 보약에 털어 넣은 것입니다.

그러나 나는 보약을 먹을 생각은 눈곱만큼도 없고 아버님이 그렇게 없는 돈을 모아 보약을 사 오신 데 대해 은근히 화가 났습니다. 나는 보약을 먹어야 할 이유도 없는 데다가 없는 돈을 끌어모아 보약을 사 오신 것에 대해 못마땅한 생각이 들었습니다. 초청장을 보낼 때 우리는 아무것도 필요한 것이 없으니 그냥 오시라는 부탁을 여러 번 했는데도 아랑곳 하지 않으시고 이렇게 큰 보약 보따리를 가져오신 겁니다.

이야기의 끝을 맺자면 그 보약은 영영 못 찾고 말았습니다. 보약에 큰돈을 썼다는 사실에 마음이 토라진 나는 세관원의 질문에 시큰둥하게 대답했고 2,3일 후에 찾으러 오란 것도 가질 않았습니다.

넬슨 집에 도착하신 아버님은 보약 보따리를 빼앗긴 것에 대해 실성(失性)한 사람이 되어 며느리고 처음 보는 손자들이고 뭐고 없었습니다. 어머님에 의하면 아버님은 캐나다에 간다는 말이 나올 때부터 당신이 가진 돈을 전부 털어서 일생에 두 번 다시 없을 큰 사업으로 여기고 내 먹을 보약에 정성을 기우렸다 하십니다. 전 재산이 다 들어가다시피 한 보약 보따리가 아들의 비협조로 세관원에게 빼앗기고 말았으니 나는 세상에 둘도 없는 불효자식이 되고 만 것이지요. 세월이 흘러 내가 한국에 나갔을 때 형님이 캐나다에서 돌아오신 아버님이 나를 그렇게 불효막심한 놈이라고 나무라더라는 이야기를 해 주셨습니다.

올해도 한국 방문에서 돌아온 후로 몹쓸 병에 걸려 몇 달 심한 고통을 당했습니다. 게다가 원기(元氣)가 소진했는지 침대 옆에서 쓰러졌는데도 내 침대로 기어 올라갈 힘이 없어 바닥에 쓰러져 있다가 응급실에 실려 간 적이 있습니다. 이럴 때 내가 보약을 먹었어야 했나? 라는 생각과 50여 년 전 밴쿠버 공항에서 빼앗긴 보약 생각이 스쳐 지나갔습니다.

왜 그때 보약을 찾아드려 아버님 마음을 흡족하게 해드리지 못했는지 돌이킬 수 없는 불효자의 한은 해가 갈수록 줄어들지 않습니다. 나는 어릴 때 아버님을 무척 무서워했습니다. 고등학교·대학교 때는 아버님에 대한 반항심으로 가득 차 있었습니다. 그러나 겉으로는 그 반항심을 드러내놓을 수가 없었습니다. 상담·임상 용어로 앞에서는 쩔쩔매고 뒤에서는 용감한 수동공격(passive aggressive)을 하는 소년이었지요.

아버님의 자식 사랑은 유별나셨습니다. 내 유학에 필요한 서류를 가지러 내 고향집에 가셔서, 수영도 못 하시는 분이 혼자 가슴 깊이의 낙동강을 건너오신 분입니다. 밴쿠버 공항에서는 이 철없는 아들의 반항심 때문에 보약을 영영 잃어버리고만 것입니다. 그러나 내가 지금 와서 가슴을 치고 후회한들 무슨 소용이 있겠습니까. "동렬이는 못된 놈."이라는 생각을 버리지 않고 눈을 감으셨을 것입니다. 세월이 가도 이 불효의 한은 내 가슴 속 깊이 영원한 화석으로 굳어있습니다.

(2017. 7.)

바람이 지나간 자리

나는 올해 한국식 나이로 여든 살이 됩니다. 소위 말하는 고령이지요. 도대체 누가 나를 여기까지 끌고 왔을까요? 세월, 곧 바람이 그랬다는 생각이 듭니다. 캐나다 로키 산맥 근처 에드먼턴이라는 도시에 사는 나의 오랜 글벗[文友] 유인형 형은 ≪세월이 바람 되어≫ 라는 제목의 수필집을 내놨습니다. 나도 언제부터인지 "세월은 곧 바람이다."라는 생각을 뼈저리게 느끼고 있었는데 유형이 불쑥 이런 멋진 제목을 단 책을 먼저 내놓았으니 나는 내 글이 도둑이나 맞은 것 같은 생각이 들어 한 동안 멍하니 앉아 있었습니다.

나는 오래 전부터 묵은해를 보내거나 새해를 맞을 때는 짤막한 글귀 하나를 골라 붓글씨로 써서 신문사에 보내는 버릇이 있습니다. 해를 보내는 글귀를 쓸 때는 슬픔과 서러움이 온 몸에 배어드는 듯한 그런 글귀를, 새해를 맞는 글귀를 쓸 때는 기쁨으로 힘이 용솟음치는 듯한 그런 글귀를 쓰지요. 그러나 아직까지 지나간 해가 대단히 만족스러웠다든지 재미있었다고 생각되던 해는 몇 번 안 되는 것 같습니다. 내 인생살이가 그만큼 가파르고 살기가 고달팠다는 말이지요. 고향 가는 길은 좀 서러워야 고와진다고 한 어느 시인의 말처럼 인생살이도 눈물겹고 어느 정도 고달파야 의미 있는 것이라고 스스로 위로하며 버텨 오곤 했습니다.

올해는 2019년, 내가 한 해만 더 있으면 여든이 되는 해입니다. 지금부터 2년 전, 내가 일흔 일곱 되던 2017년이었습니다. 내 평생 마지막 방문이라 떠벌리며 한국을 나갔던 길에 나와 같은 대학 같은 반에서 공부하던 평암(平岩) 이계학 군의 묘소엘 간 적이 있습니다. 지금은 한국학 중앙연구소라 하지만 당시는 정신문화연구원이라 불리던 시절, 평암은 그 연구원 교수로 있다가 은퇴, 은퇴하자마자 멀리 여행 한 번 가 보질 못하고 몹쓸 병마에 목숨을 잃고 말았습니다. 유택(幽宅)은 아무 연고도 없는 충청도 공주(公州) 땅에 잡았습니다. 그래서 그의 묘소에 갈 때는 우리 부부, 평암의 대학 클래스메이트였던 부인 김정회 여사와 따님이 함께 갔습니다. 무덤 위 잔디를 어루만져주는 훈훈한 봄바람이 불어오는 오월 어느 날이었습니다. 그러나 평암은 내가 온 것을 아는지 모르는지 말 한마디 없었습니다.

서울로 돌아오는 길에는 운중동 정신문화연구원(현 한국학 중앙연구소) 앞을 지나오게 되었습니다. 부인 김정회 여사는 남편 평암이 정신문화연구원에 교수로 있다가 은퇴를 했으니 당연히 남편 직장에 대한 애정과 추억 때문에, 나는 나대로 정신문화연구원에 교환교수로 가 있었으니 그 곳을 한 번 둘러보고 싶었지요. 그런데 수위 아저씨들이 여기는 아무나 못 들어간다고 해서 승강이에 가까운 호소 작전이 이어졌습니다. 남편이 이 연구원 교수였다는 것과 교수 관사에서 살았다는 이야기, 나도 이 연구원에 방문교수로 와 있었다는 것, 이 모두가 별 도움이 되질 않더군요. 못 들어가는 이유야 우리도 잘 알지만 퍽 씁쓸한 생각이 들었습니다.

세월은 나를 지나가기 전까지지는 바람이었고 꿈입니다. 그러나 일단 내 옆을 지나간 그 순간부터는 회억(回憶)이 되지요. 갈대밭에 바람일 듯 세월 따라 그 회억은 파도가 되어 일렁입니다. 어떤 때는 빠르게 어떤 때는 느릿느릿하게 일렁입니다.

시여장강만리(詩如長江萬里)
서사고송일지(書似孤松一枝)

시는 만 리에 뻗친 길고 긴 강물줄기이고
글씨는 외로이 서 있는 소나무의 쭉 뻗은 가지 하나로세

이 만고의 명구를 남긴 사람은 일흔 두 살에 세상을 하직한 조선의 명필이요 금석학(金石學)의 대가 추사(秋史) 김정희입니다. 어찌 시(詩)만 강물줄기이겠습니까. 세월도, 바람도 모두가 영원으로 이어지는 강물이 아니겠습니까.

세월은 멈추는 법이 없이 그저 앞으로만 갑니다. 바람도 한곳에

가만있지 못하고 자꾸 다른 곳으로 옮겨 갑니다. 바람이 우리 곁을 스쳐가는 그 순간은 수억만 분의 일초도 안 되는 그 찰나입니다. 그 찰나 찰나를 탈 없이 지내면서 우리 인생은 매미 껍데기 벗듯이 어린 시절과 젊은 시절을 벗어나서 중년을 지나 그 뒤로는 자꾸 시들어 갑니다. 우리의 존재 또한 간격마다 구백 생멸(生滅)이 담겨 있다는 그 찰나에 있습니다.

(2019. 1.)

속 좁은 딸깍발이

나의 대학 선생직은 1970년 가을 학기부터 시작됐습니다. 1970년에 학위를 받고 내륙지방에 있는 어느 작은 4년제 대학이 나의 첫 직장이었습니다. 더 크고 이름 있는 대학교로 옮겨 보려고 애를 썼으나 원서를 내는 곳마다 딱지였지요. 1977년 토론토에서 2시간 거리 런던(London)이라는 당시 인구 25만 도시에 있는, 학생 이만오천명의 웨스턴 온타리오 대학교로 발령이 나서 그 대학에서 한국 E여대로 올 때까지 23년을 있었습니다. 그 대학에서 청춘을 썩힌 셈이지요. 세월이 흘러 정교수가 되고 은퇴가 가까워오니 기력이 다 빠져 나갔는지 전공실력도, 열의도, 깡그리 바닥을 드러내는 게 아닙니까. 강의가 있는 날이면 학교 가는 발걸음이 무겁고 도살장에 끌려가는 황소 같이 활기가 없고 굼떴지요. 일주일에 겨우 6시간, 두 번 강단에 서면서도 볼멘소리를 하니 '복 까불고 있다.'는 소리는 이럴 때 쓰는 말이구나 하는 생각도 들었습니다.

바로 그때 한국 E여자대학교에서 나보고 그 대학에 올 의사가 있느냐고 묻는 전화가 왔습니다. 웨스턴 온타리오 대학에서는 조기 은퇴를 허락해준 데다가 빛 좋은 개살구인 명예교수 직함까지 하나 약속하더군요. 운명아 비켜라 나는 간다. 나는 날아가는 심정으로 E여대로 갔습니다.

환갑을 내일 앞두고 한국에 돌아온 이유가 궁금했던지 "북미 대륙 강단에 선 재미가 어땠냐?"고 묻는 사람들이 더러 있었습니다. 내 대답은 그다지 유쾌하질 못하고 자못 부정적이었습니다. 학생이 내 마음에 덜 들었기 때문이지요. 왜 학생들이 마음에 덜 들었을까요? 이유는 간단합니다. 집단주의 문화의 표본인 한국, 그것도 보수적인 가정에서 사춘기와 청년기를 보낸 시골뜨기가 하루아침에 개인주의의 꽃이 활짝 핀 북미 대륙의 학생들을 고운 눈으로 보기는 그리 쉽지 않았을 것은 당연한 것이 아니었겠습니까. 한국에 비하여 북미 학생들은 철두철미 합리적, 이성적이긴 하나 내 눈에는 매정하기 짝이 없는 사람들이라고 생각됩니다. 흡족하지 못한 성적을 받는 날에는 우르르 학장실에 몰려가서 "이동렬의 영어를 못 알아듣겠다."고 상소를 합니다. 그러면 얼마나 쉽사리 학장, 과장은 그들 편이 되어버리는지요.

살아남기 위해서 나는 한인 선배 교수로부터 다음과 같은 '책략'을 하나 배웠습니다. 즉 강의가 시작되는 첫날에 "내 영어를 완전히, 100% 알아듣지 못 하는 사람은 손 들어보라." 하는 비공식 여론조사를 합니다. 이 여론조사가 3주째만 가도 손을 드는 놈은 하나도 없지요. 학장이 나를 보자고 할 때 만약의 경우를 생각해서 이

여론조사 결과를 가지고 갔습니다. 내 영어를 "못 알아듣겠다."는 학생들에 대한 반증서류입니다. 살아남기 위해서 이 짓을 해야 한다고 생각하면 내가 무척 가엾은 선생이라는 생각이 들었습니다.

이러다가 서울 E여대로 옮겼습니다. 여기서는 학생들이 선생을 대하는 태도부터 달랐습니다. 시험지를 돌려주고 시험에 대해 불만이나 하고 싶은 얘기가 있으면 하라고 해도 아무도 나서질 않습니다. 할 말이 있는 놈도 얼굴은 벌겋게 달아올라도 말은 절대 하지 않지요. 나중에 내 연구실에 찾아와서는 발을 들여 놓기가 무섭게 "선생님 죄송해요." 하는 사죄의 말부터 꺼냅니다. 북미에서는 이런 상황에서 "죄송합니다." 같은 말은 들어볼래야 들어보기가 퍽 힘듭니다.

E여대에 입학하려면 고등학교 때 우등상장은 한두 번 손에 쥐어본 학생들이라 여간 프라이드가 센 학생들이 아닌데도 선생 앞에서는 고양이 앞에 쥐가 됩니다. 이럴 때는 학생들에게 동정이 갑니다. 얼마나 이들의 이전 생활이 권위적 분위기에 휘둘렸었기에 자기주장 한번 당당하게 못해봤을까 하는 가엾다는 생각이 들지요.

왜 불만이 있어도 얘기를 못할까요? 내 생각으로는 불만이나 자기주장을 했다가는 보복이 뒤따르지 않을까 하는 두려움이 가장 큰 이유인 것 같습니다. 시정(市井)에 떠다니는 관습이 대학까지 튀어오면서 권위(선생) 앞에서는 굽실굽실 예, 예로 일관하다가 그 권위가 사라진 자리에서는 "그 자식"으로 깎아 내리거나 권위에 반항하는 것이 유행이 되어버린 것이지요.

겉으로는 지극히 복종하는 태도를 보이지만 속으로는 끓어오르는 분노와 반항심으로 차있을 때가 가끔 있습니다. 이것이 성격 특성으로 자리 잡으면 심리학에서 말하는 수동-공격(passive-aggressive) 형이 됩니다. 이런 특징을 가진 사람들과는 의사소통이 이루어지기 어려워 사회생활을 하기가 편한 사람들은 아니지요. 자기주장을 할 수 없다는 말은 긴 안목으로 보면 민주주의 실현에 큰 방해가 되는 요소입니다.

나는 E여대에 돌아옴으로써 선생으로서 더 무거운 책임감을 가지게 된 것 같았습니다. 선생의 역할이 학생들에게 단순히 지식을 전달하는 것만은 아니라는 것을 한국 같은 집단주의 문화에서는 더욱 더 절실하다는 것을 뼈저리게 느꼈지요. 내가 집단문화 속에서, 그것도 보수적인 가정에서 자란 속 좁은 딸깍발이라서 그런지 북미 대륙에서 수십 년을 살아도 본래 옹졸한 마음이 아직도 그다지 편하질 않았습니다. 이성적이고 합리적인 북미 문화의 장점을 모르는 바는 아니로되 정(情)으로 얽혀진 한국에 돌아와 보니 우선 마음이 편안했던 거지요. 물론 이것이 교육적으로 좋다는 것은 아니라는 것을 잘 알면서도 내 마음이 우선 편했다는 말입니다.

(2017. 8.)

제 눈에 안경

나의 멘토 김태길 교수의 글에서 따온 이야기입니다. 어느 여자 고등학교에서 교편을 잡던 선생님이 하루는 애숙이를 보고 "애숙아 나는 너처럼 얼굴 예쁜 사람은 이 세상에서 처음 보는데 너같이 공부 못하는 아이도 처음 본다."고 했더니 애숙이가 무척 좋아하더라는 이야기입니다.

이 세상에 여자로 태어나서 미모에 관심이 없는 사람이 있을까요? 나는 이 세상에 태어난 모든 여성들은 예외 없이 아름다운 얼굴을 가지고 싶어 한다고 믿고 있습니다. 여자는 얼굴이라면 남자는 무엇일까요? 내가 어렸을 때 배운 ≪천자문≫에 女慕貞烈 男效才良 (여자는 굳은 정조와 바른 행실, 남자는 뛰어난 재능과 어진 행동)이라 한 것을 보면 우수한 두뇌나 재능이 아닐까요? 어릴 때 어른들이 신랑감 얘기를 할 때 좋은 신랑감으로서 갖춰야 할 네 가지 항목, 즉 신수, 말씨, 문필, 판단력이 입에 오르내리던 것을 보면 예로부터 재능은 남자에게 무척 중요한 항목이었지 싶은 생각이 듭니다.

여자로 태어나서 예쁜 얼굴을, 남자로 태어나서 좋은 재능을 가지고 싶은 것은 극히 정상적인 욕심이라 할 수 있습니다. 남자고 여자고 잘생긴 얼굴을 가졌다는 것은 하나의 큰 축복이지요. 십 수 년 전 미국 미시건 대학교에서 발표한 연구 결과를 보면 평범한 가정적인 사람들 보다는 외모가 잘생긴 사람들이 자기 인생을 약간 더 만족스럽게 생각한다고 합니다.

사람 얼굴도 산이나 강 따위의 자연 풍광에 비유할 수가 있겠습니다. 얼굴이 잘생긴 사람은 자연으로 말하면 풍광이 빼어나게 아름답다는 말과 마찬가지지요. 그러나 알고 보면 인간의 미모나 자연의 아름다움도 어떤 객관적인 기준이 있는 것은 아닙니다. 사람이 특정 사람이나 자연 풍광과 얼마나 오랫동안 접촉과 상호 교류가 있었느냐, 다른 말로 하면 얼마나 정(情)이 깊었느냐에 따라 아름다움을 느끼는 정도도 달라진다는 말입니다. 예로, 자기가 태어나서 살던 고향 산천을 아름답지 않다고 부정적으로 말하는 사람들이 어디 그리 자주 눈에 뜨입니까?

사람 얼굴을 현대 의학의 힘으로 마구 뜯어 고칠 수 있듯이 자연 풍광도 인간의 힘으로 좀 더 보기 좋게 만들 수도 있습니다. 좋은 예가 골프장입니다. 골프장은 있던 언덕을 불도저로 밀어부쳐 평지를 만들고, 없던 연못도 만들어 넣고, 없던 나무도 심어서 한 달 안으로 실로 오밀조밀하고 얄미울 정도로 앙증스러운 자연으로 만들어 놓을 수 있습니다. 나는 이렇게 인간의 힘으로 창조

한 골프장이 별로 아름답다고는 생각지 않습니다. 아름답다기보다는 돈의 힘으로 만들어 낸 풍광이구나 하는 생각이 먼저 드니까요. 나는 일반적으로 인간의 손길이 적은 자연을 더 좋아합니다. 유장하게 산모퉁이를 돌아 흘러가는 강물 줄기, 꼬불꼬불한 산길, 나무가 제멋대로 쓰러져서 서로 뒤얽혀있는 풍광을 보면, 사람 힘으로 꾸민 골프장의 아름다움은 많은 돈을 들여 만든 큰 장식에 지나지 않는다는 생각이 앞설 뿐입니다.

그러나 사람의 경우는 약간 다른 것 같습니다. 사람은 현대의학의 힘으로 몰라볼 정도로 더 예뻐진 얼굴을 가진 사람들이 너무나 많이 쏟아져 나옵니다. 전에 없던 쌍꺼풀이 생기고 주걱턱은 온데간데없이 사라지고 그야말로 '거듭 태어난' 사람들이 많습니다. 요새는 여자뿐 아니라 남자도 성형 수술을 하면 사나이답고 씩씩한 얼굴로 '재건축'될 수 있다고 합니다. 내 나이가 조금만 젊었더라도 성형수술 네 글자에 귀가 번쩍 뜨였지 않았겠습니까? 그러나 어머님이 캐나다를 떠나기 전 내게 써놓고 가신 편지 구절, "슬프다 나의 연광(年光) 칠십이 넘은지라 서산의 일월인듯…"처럼 지금 있는 모습을 그대로 보전하는 데도 힘이 드는 고령이니 성형 같은 반가운 말도 지나가는 불자동차 사이렌 소리에 지나지 않는다는 말이지요.

고등학교 때 대학입시를 준비하느라고 유진 교수가 쓴 ≪영어구문론: 삼위일체≫로 공부를 하다가 그 책에 나오는 다음 이야기를 읽은 생각이 납니다. 내가 이야기를 생각나는 대로 다시 구성해 보겠습니다. 어느 엄마 메추리가 사냥꾼을 만났습니다.

엄마 메추리 : 사냥꾼님 안녕하십니까? 이 등성이 너머 골짜기에 가면 우리 아이 둘이서 놀고 있을 텐데 그 아이들은 제발 쏘지 마십시오.

사냥꾼 : 내가 당신아이들인 줄 어떻게 알아봅니까?

어미 메추리 : 우리 아이들은 이 세상에서 가장 예쁜 아이들이지요. 보면 대번에 알아 볼 수 있습니다.

저녁때가 되어 어미 메추리는 사냥을 마치고 돌아오는 사냥꾼과 또 다시 마주쳤습니다. 그런데 사냥꾼은 어미 메추리의 두 아이들을 사냥해서 꿰차고 있는 것이 아닙니까.

엄마 메추리 : 아이고 이게 우리 아이들 아닙니까. 우리 아이들에게는 총을 쏘지 않겠다고 약속하고서는….

사냥꾼 : 당신 아이들은 이 세상에서 가장 예쁘게 생긴 아이들이라 했지 않습니까. 오늘 내가 총으로 잡은 메추리들은 이 세상에서 가장 못 생기고 볼품없는 메추리들인데요….

1958년 그러니까 지금부터 61년 전에 대학 입시를 위해서 읽은 이 메추리 이야기를 아직 잊지 않고 있는 것은 "곰보도 자주 보면 미인"이라든가 "제 눈에 안경"이라는 속담들이 만고에 변함없는 진리라는 것을 확인하기 위해서인 것 같습니다.

격리와 고독

2년이 넘도록 북한에 구금되어 있다가 가족의 품으로 돌아온 캐나다 토론토 큰빛교회 임현수 목사는 그가 북한에 구금되어 있던 중 가장 힘들었던 때는 독방에 혼자 구금되어 있을 때였다고 술회했습니다. 임 목사뿐만이 아닙니다. 박정희·전두환의 군부 독재 시절에 민주화 운동을 했다는 죄로 구속되었다가 풀려난 사람들의 말을 들어보면 가장 견디기 힘든 형벌이 독방에 혼자 구금되어 있을 때였다고 합니다. 대화도 못 나누고 들을 것, 할 것이 별로 없는 감방 환경은 죽기보다도 더 나은 것이 없다할 정도로 견디기가 힘들었다 합니다. 우리가 매일 들이마시는 공기와 물의 고마움을 깨닫지 못 하는 것처럼 사람 만나서 웃고 떠드는 행동도 그것이 얼마나 소중한 것인지는 그들을 마음대로 할 수 없게 될 때까지는 깨닫지 못하는 것과 마찬가지지요.

조선 때 유배형은 아무도 접촉을 못하도록 절해고도에 위리안치를 시키는 것이 가장 큰 형벌이었습니다. 위리안치(圍籬安置)란 감옥 주위로 탱자나무 울타리를 빙 두르고 그 울타리 밖으로는 나가지 못하게 하는 형벌이었습니다.

중종반정 때 연산군은 물론 그의 아들 내외도 강화도 옆 교동도에서 위리안치를 당했습니다. 견디다 못한 세자는 숟가락과 가위로 땅굴을 파서 쇼생크(Shawshank)식 탈출을 계획했다고 전해집니다. 울타리 밖으로 이어지는 땅굴을 파서 밖까지 나오는 데는 성공 했으나 방향을 몰라 이리저리 헤매다가 간수에게 붙잡혔다고 합니다. "어떻게 이 새장을 벗어나 녹수청산 마음대로 오고갈까(緣何脫此樊籠去/綠水靑山任去來)"라는 탄식을 써놨던 세자는 붙잡힌 지 사흘 만에 스스로 목숨을 끊고 말았습니다.

나는 "절해고도에 유배"라는 말을 들으면 대번에 떠오르는 선비 몇이 있습니다. 첫째는 다산(茶山) 정약용의 형 정약전입니다. 그는 흑산도로 귀양을 갔다가 그 섬 처녀와 결혼을 해서 아들 둘까지 낳았으니 위리안치는 아니었던 모양입니다. 산과 바다가 푸르다 못해 검게 보인다 해서 흑산도(黑山島)라 불리던 그 섬에는 정약전의 말 벗 하나 될 만한 사람도 없는, 차가운 겨울바람만 불어오는 음습한 섬이었습니다. 진보적 정치 집단을 제거하는 기회가 된 천주교 박해 사건 신유사옥이 일어나자 정약전은 전라남도 신지도로, 동생 정약용은 경상도 장기로 유배되었습니다. 그 해 겨울 황사영의 백서 사건이 터졌지요. 나라를 뒤흔든 이 사건에 형제가 연루되어 형은 흑산도로, 동생은 강진으로 다시 유배가 되었습니다. 정약전은 친구도 말 벗 하나 없는 그 외로운 섬에서

≪자산어보(玆山魚譜)≫라는 물고기의 생태를 정리한 책을 썼습니다. 그 섬에서의 첫 저술 〈송정사의〉에 이어 두 번째 책입니다.

전라남도 신지도(新智島)로 귀양을 간 조선후기의 명필 원교(員嶠) 이광사의 슬픈 이야기도 생각납니다. ≪연려실기술≫의 저자 이긍익의 아버지인 이광사는 노론과의 당쟁에서 패배한 소론 집안에서 태어나서 권력으로부터 소외된 야인으로 살았습니다. 영조 즉위 후 권력을 잃은 소론의 일부가 불만을 품고 궁정을 비방하는 방을 붙였다가 발각된 일이 있었습니다. 이 사건을 조사하던 중에 주동자의 문서더미에서 이광사의 서찰이 발견되어 그는 곧바로 체포되었다고 합니다. 남편이 체포되었다는 소식을 들은 부인 유 씨는 스스로 목매어 죽고 이광사는 기적적으로 목숨을 건졌습니다. 함경도 부령에 유배되었는데 7년을 거기서 살면서 그의 글씨 명성은 대단히 널리 퍼져 나가서 많은 사람들이 모여들었습니다.

죄인의 몸으로 사람들에게 글씨를 가르치니 백성을 선동할 위험이 있다고 생각한 조정은 다시 그를 신지도로 옮겼습니다. 부령에서 신지도까지는 삼천리가 넘는 길. 함경도 부령이나 남해의 신지도나 죄인 된 몸에 다를 것이 무엇이겠습니까?

사람은 태어나서 적당한 양의 (너무 많지도 적지도 않는) 자극이 필요합니다. 걷기 전에는 엄마 아빠의 다정한 목소리, 따뜻한 체온, 더 커서는 가족들의 말소리, 웃고 떠드는 소리 등 여러 가지 자극이 끊임없이 따라다니질 않습니까. 이런 자극이 아주 어렸을 때 없었던 사람은 어른이 되어 큰 감각 장애를 갖게 된답니다. 이 학설은 내가 대학교에 다닐 때 캐나다의 맥길(McGill) 대학교 심리학과 간판교수였던 헤브(D.Hebb)라는 사람의 실험연구에서 보여준 것입니다. 신지도에서 귀양살이를 한 원교 이광사야말로 헤브 교수의 실험에 참가한 피험자가 겪었던 것과 비슷한, 볼 것도, 들을 것도, 읽을 것도 없는 환경이 아니었겠습니까.

고등학교 고문 시간에 배운 조선의 문장가 서포(西浦) 김만중은 경남 하동군 노량리와 남해군 노량리 사이에 있는 남해도에 와서 외로운 귀양살이를 하였습니다. 한글 소설 〈구운몽〉과 〈사씨남정기〉를 쓴 소설가로 우리 문학에 큰 발자취를 남긴 서포 김만중은 노도에서 귀양살이를 했습니다. 귀양을 오게 된 경우는 숙종과 그의 연인 장희빈이 관계가 됩니다. 선천에 유배를 가 있던 김만중은 장희빈이 아들을 낳음으로써 대 사면을 받아 서울로 돌아왔습니다. 장희빈의 아들이 세자가 되는 것을 한사코 막으려던 서인들은 숙종의 미움을 사서 서포의 사위요 노론 4대신의 하나였던 이이명을 사형에 처했습니다.

나는 절해고도에 유배를 와서 외롭게 수십 년을 살다가 밤하늘에 별빛처럼 스러져간 많은 선비가 있는 것을 볼 때 한 가지 의문이 듭니다. 왜 어떤 선비는 절해고도에 유배를 가자마자 사기가 꺾여 망가지고 마는데 어떤 선비, 예를 들면 원교 이광사나 임자도로 유배를 간 화가 조희룡 같은 선비는 적적하고 외로운 시간을 자기의 예술혼을 발산하는데 썼을까요? 이에 대한 답은 "왜 어떤 사람은 잘 살고 어떤 사람은 못 사는가?"를 묻는 것처럼 별 의미가 없는 질문이라고 생각합니다.

요즈음 얘기지만 참여정부시절 국무총리를 지낸 한명숙은 자기는 죄가 없는데 정치적 음모에 말려들어 감옥살이를 했다고 주장합니다. 나는 그 당시의 위정자가 누구였던가를 생각해 보면 한명숙의 주장이 맞다는 생각, 즉 한명숙 총리 편을 듭니다. 당시 권력을 쥐고 있던 사람들은 무고한 사람을 잡아 올가미를 씌워 죄인으로 만드는 데는 선수들이었으니까요. 그의 감옥살이는 대부분 독방에 구금되어 있었던 것으로 알고 있습니다. 남다른 투지를 가지고 자기의 결백을 주장하던 그는 독방에서 무슨 생각을 하며 지냈을까요. 한 총리가 구금되어 있던 감방은 바닷바람만 쓸쓸하게 불어오는 신지도나 흑산도가 아니라 기껏해야 8×8미터 정도의 독실 감방, 그 감방에서 20분만 걸어 나가면 사람들로 북적대는 번잡한 시정입니다. 그러나 고적함에 있어서는 그 을씨년스러운 흑산도나 신지도와 다를 게 없다고 생각합니다.

(2017. 8. 15.)

꽃향기는 바람에 날리고

오늘은 유월 초하루, 토요일입니다. 은퇴한 지가 올해로 꼭 10년째로 접어드니 주중이든 주말이든 내 하루 일과와는 별 상관이 없습니다. 은퇴를 했으니 매일이 주말인 셈이지요. 그러나 직장 다닐 때 버릇이 아직 남아 있어서 그런지 주말이 오면 마음이 한결 가벼워지고 긴장이 풀려 느슨해집니다. 세 살 버릇 여든까지 간다는 말이 맞나 봐요.

무더운 날씨가 예상된다기에 우리 부부는 아침 6:00시에 산책길에 나섰습니다. 새벽인데도 온몸에 땀이 배이더군요. 우리가 아침저녁으로 걷는 산책길은 콘도미니엄 뒤로 흐르는 험버(Humber) 강을 따라 강이 흘러들어가는 온타리오 호수까지 50리가 넘는 포장된 길입니다.

아침 공기가 무척 맑다는 생각이 드나 그 말은 자동차에서 내뿜는 매콤한 연기 냄새가 길을 메우는 시내 한복판에 비해서 그렇단 말이지 내가 어릴 때 뛰놀던 생가 주변의 공기와는 비교가 안 되지요. 내 생가는 사방을 둘러봐도 산과 빼곡히 들어선 나무밖에 보이는 것이 없는 고적(孤寂)한 솔밭 속의 집. 이런 데서는 솔향기 빼면 아무것도 없지요. 솔향기는 나같이 산속에서 자란 녀석은 금방 알아챌 수 있지만 도시에서 사는 '문화인'들은 느껴보기가 힘든 향기지요.

콘도미니엄 뒤로 놓인 다리를 건너 험버 강 물줄기를 따라 한 10분 정도 걷다보면 왼쪽으로 험버 초급대학 운동장이 나오고 거기서 몇 발자국 더 가면 난데없이 어디서 꽃향기가 물씬 코를 찌릅니다. 물론 향기가 없는 날도 있지요. 이 꽃향기는 산책길 내내 퍼져있는 것이 아니고 한 50걸음 가량 걷는 동안은 은은하게 풍겨옵니다. 그리고는 향기는 더 이상 나지 않습니다.

장미나 라일락처럼 강렬하고 노골적인 향기도 아니요 화장품 뚜껑을 열었을 때 풍겨오는 은은한 향기도 아닌, 꽃의 향기라 해야 할지 풀의 향기라 해야 할지, 꽃의 향기라면 무슨 꽃향기인지 꼭 집어서 말하기도 무척 어려운 그윽하고 부드러운 향기가 코끝을 간질입니다.

이 향기가 어디에서 오는 것일까, 아무리 둘러봐도 아직까지 그 꽃향기의 근원을 밝히지는 못했습니다. 개천을 넘어 저 건너 숲에 간간히 끼어있는 꽃에서 나오는 향기인가 그 쪽에 가서 코를 들이대 봤으나 우리가 맡은 그 향기는 아니었습니다. 그래서 우리는 수풀의 향기와 들꽃들이 함께 이 향긋 구수한 꽃향기를 만들어 냈다는 결론을 내리고 향기의 진원지를 찾는 노력은 더 이상 하질 않았습니다. 꽃향기가 왜 해마다 한 곳에서만 나는지에 대해서도 그 이유를 모릅니다.

나는 가끔 꽃의 향기랄까 숲의 향기를 인생살이에 비유해 봅니다. 그런데 사람의 경우 '사람 향기' 라는 말은 없습니다. 그러나 사람에게도 꽃처럼 내뿜는 향기가 있다고 생각해 볼 수는 있겠지요. 사람의 경우 향기란 그 사람이 풍기는 개성이랄까 사람됨이, 꿈과 이상을 종합한 것이라 할 수 있지 않을까요. 남을 도와줄 수 있는 생각이나 사회에 유익한 사람이 되리라는 아름다운 꿈을 꾼다면 향기라 할 수 있겠지요.

젊은 시절을 돌아보면 나는 별로 두드러진 개성이라고는 없는 그저 평범하디 평범한 젊은이였던 것 같습니다. 크고 화려한 꿈은 없고 그저 막연히 이 사회에 도움이 되는 사람이 되어보겠다는 게 나의 꿈이었지요. 어떤 사람은 중학교 때 장래 대통령이 되겠다는 꿈을 가지고 있었다는데 이런 꿈은 내가 얘기하는 향기로운 꿈인지 아니면 어느 정신병자의 공상인지 잘 모르겠습니다.

교수가 되어 학생들을 가르쳐 보고 싶은 꿈은 대학에 와서야 생긴 꿈입니다. '큰'학자, '사해(四海)에 이름을 떨치는' 학자가 된다는 꿈은 아버님이 갖다 붙인 것이지 내가 꾼 꿈은 아닙니다.

언제부터인가 내가 풍기는 향기가 조금씩 시들어가기 시작했습니다. 강의를 하는 일도, 그토록 열정을 쏟던 연구도 그 전에 비하여 시나브로 식어갔습니다. 그전에는 "해보면 좋겠다."고 생각되던 일도 "그건 해서 무엇하나?"별 의미가 없다는 생각이 들었습니다. 내 교수직이 계약직에서 영구직으로 바뀌고 부교수에서 정교수로 옮겨졌을 때는 내가 이 세상에 나밖에 없는 놈이라는 건방진 생각이 들었지요. 세상만사에 자신이 붙고 앞으로 이 세상을 하직하는 날까지 지금 가고 있는 것과 똑같은 템포(tempo)로 공부와 연구에 몸을 바치고야 말겠다고, 내가 무슨 노벨상이나 받은 큰 학자나 된 것처럼 마음속으로 수없이 다짐을 했습니다.

그러나 언제부터라고 꼭 집어 말하기는 어려우나 정교수가 되고, 은퇴할 날이 가까워 오면서 나도 모르게 모든 일에 열정과 사랑과 흥미를 잃어가고 있었습니다. 향기 없는 꽃이 되어간다는 말이지요. 이제 바람에 흩어진 내 인생의 향기는 내 곁을 영영 떠났을 것 같은 생각이 듭니다. 한때는 가버린 열정과 꿈이 내게로 다시 돌아오리라 생각했습니다. 내 나이를 생각하면 '꿈 깨라'는 말밖에는 더 할 말이 없지요. 인생이란 이렇게 허허롭게 흘러가다가 한 모퉁이를 돌면 또 한 모퉁이가…. 이 과정을 되풀이하다보면 어느덧 우리는 종착역에 이르는 것이 아니겠습니까. 이 모든 것이 누구의 탓일까요? 내 탓입니까? 아닙니다. 세월 탓입니다. 일찍이 면앙정(俛仰亭) 송순이라는 선비가 지은 시조에 이런 것이 있습니다. '꽃이 진다하고 새들아 슬퍼마라. 바람에 흩날리니 꽃의 탓이 아니로다. 간다고 짓궂게 훼방 놓는 봄을 미워한들 무엇하랴.' 을사사화 때 많은 선비들이 죽어가는 것을 바람에 흩날려 떨어지는 꽃에 비유한 것입니다. 나는 바람 대신 세월을 탓합니다. 이 세상에 목숨을 가지고 태어난 누구도 이 엄숙한 천리(天理)를 거스를 수는 없습니다. 그러나 8·90을 지나서도 인생의 향기를 내뿜고 있는 사람들이 가끔 눈에 띕니다. 장하다 아니할 수 없습니다.

(2016. 7.)

외로움

사람은 어머니 뱃속에서 나와 오랜 기간 동안 먹고, 입고, 배설하는 것은 "남에게 전적으로 의존해야" 합니다. 보통 의존하게 되는 책임자는 어머니라 불리는 사람이지요. 사람이 다 컸다는 것은 이런 것을 나 이외의 사람에게 의존하지 않고 혼자 힘으로 할 수 있다는 말입니다. 그러니 사람은 이 세상에 고개를 내밀 때부터 좋든 싫든 나 이외의 사람과 관계를 맺어야 생존이 가능합니다.

사회적인 관계에서 문제가 생기는 것을 외로움이라 합니다. 구체적으로 외롭다는 것은 주위 사람들에게서 "사랑을 받지 못한다."는 생각이 들 때, "나는 외톨이로 동떨어져 있구나."하는 생각이 들 때, 주위 사람들로부터 대접은 받지 못하고 대신 소외감이나 이질감을 느낄 때를 말합니다. "나는 아무데고 속해 있는 데가 없는 사람"이라는 생각이 들 때가 외로움의 시작이라고 보는 심리학자들이 많습니다. 누구나 여러 번 겪었던 일이지요.

외로움이 심한 사람들은 자기의 사회적 관계가 잘못된 것이 무조건 자기가 잘못해서 그렇게 되었다고 자기를 나무라는 버릇이 있습니다. 이런 사람들은 흔히 수줍고 자중감(自重感)이 떨어지며 사회적 능률감도 낮아지고 매력도 적어진다고 합니다. 우울증 환자들의 생각과 어찌 그리 신통하게도 비슷한지요. 외로움이 오랫동안 계속되면 우울증으로 이어지는 경우가 꽤 있습니다.

현대 심리학은 인간의 굳세고 밝은 긍정적인 면보다는 어둡고 부정적인 면, 이를테면 행복이나 희망, 의지보다는 우울증이나 반사회적인 행동 같은 인간의 어두운 면, 병리적인 면에 더 많은 관심을 보여 왔습니다. 그러니 학회에 발표되는 논문 수도 비교가 안 되리만큼 불안 공포 따위의 부정적인 면에 연구가 압도적으로 우세하였지요.

요새 와서 희망이니 자율(自律)이니 의지니 행복이니 하는 인간의 적극적인 면에 대한 연구가 주목을 받고 정부의 지원도 그쪽으로 예전보다는 더 많이 가는 것 같습니다. 행복감 같이 누구에게나 쉽게 이해되고 중요한 분야가 각광을 받게 되니 그 부작용도 만만치 않습니다. 우선 가장 중요한 것의 하나는 연구의 질(質)이랄까 수준에 대한 통제가 어렵다는 것입니다. 이 중요하고 복잡한 인간의 특성을 밝히는 데는 심리학은 물론 인류학, 사회학, 의학, 사회복지학, 경제학 등 십여 개의 관련 학문이 서로 협동적으로 연구해야 한다는 주장이 아주 강하게 나오고 있습니다.

요즈음 세상에 사람들이 자기가 살 집을 찾는 행동을 보면 재미있습니다. 일반적으로 조용한 곳, 그러나 나는 주위에 오가는 사람들의 동정을 훤하게 내다볼 수가 있으나 내 집은 다른 사람들 눈에 좀처럼 눈에 띄지 않는 '요새(要塞)'타입의 주거지를 좋아합니다. 어려움이 생길 때는 쉽게 군중 속으로 달려가겠다는 의미겠지요. 옛날에는 내가 스스로 나에 대한 방어를 책임졌지만 오늘날 현대 사회는 경찰· 정보기관이 해줍니다. 경찰· 정보기관의 도움을 받기 위해서는 사람들이 많은 도시에 끼어 사는 것이 더 유리하지 않겠습니까.

뭐니뭐니해도 늙어가면서 외롭다는 생각은 점점 늘어나는 것 같습니다. 옛날에는 엄마 아빠 앞에서 응석을 부리며 놀던 자녀들도 세월 따라 하나 둘 성인이 되어 둥지를 떠나버리고 텅 빈 집에 부부가 앉아있는 모습은 현대 가정의 풍경화입니다. 좀 더 가서 배우자가 죽고 나서는 견디기 힘들 정도의 쓸쓸함과 외로움이 찾아옵니다. 아침저녁 만나던 친구들도 하나 둘 저 세상으로 가거나 병환으로 자리에 누워 있게 되니 자주 만날 기회도 없습니다.

내 아버님도 세상을 뜨기 몇 년 전까지는 집보다는 서울 시내에 있는 '송아지' 다방을 더 좋아하셨습니다. 뜰뜰한 며느리가 아무리 정성을 다해서 보살펴드리는데도 외로움을 달래고 같은 연배의 노인들끼리 만나서 재미있는 이야기를 나눌 수 있는 곳은 '송아지' 보다 더 나은 곳은 없다고 생각하신 모양입니다. 나는 이 '송아지'의 노인들 보다는 쉰도 채 안 된 '송아지'의 마담이 더 가엾게 생각됩니다. 생각해 보십시오. 6·70 노인들이 손님으로 와서 커피 한 잔을 놓고 하루 종일 담배만 피우며 떠들다 가니 얼마나 답답했겠습니까. 이 가엾은 마담의 외로움은 비록 하루에 수백 명 손님을 만난다 할지라도 누구도 따를 수 없었을 것입니다.

이 세상에 외로움 없는 사람은 없습니다. 시인들이 시를 쓰는 마음은 외로움에서 출발하지 않았나, 서정시를 읽을 때마다 느끼는 내 생각입니다. 모두가 그 외로움을 어떻게 받아들이느냐에 따라 대처 방식은 모두 다릅니다. 그러니 어떤 이는 외로움이란 이름도 못 들어본 사람같이, 또 어떤 이는 외로움이라는 늪에서 헤어나지를 못하고 허우적거리는 것처럼 보입니다. 외로움 때문에 어떤 이는 종교에 의지하고 또 어떤 이는 골프, 바둑, 낚시 같은 여기(餘技)에 마음을 붙이려고 애를 씁니다. 나는 이 모든 여러 가지 활동이 나를 외로운 사람으로 규정하고 아무것도 않고 가만히 앉아 있는 것보다는 더 낫다고 생각합니다.

(2017. 5.)

논쟁

나는 온타리오주 런던에 있는 웨스턴 온타리오 대학교로 발령이 나기 전 앨버타주 에드먼턴 가까이 레드디어(Red Deer)라는 도시에 있는 앨버타 학교 병원(Alberta School Hospital) 심리과 과장으로 있었다. 심리과는 모두 스물세 명의 석사급 직원들이 있었으며 비서 겸 타이피스트도 두 명이 있는 비교적 큰 과였다.

심리과에는 스물세 명의 직원 가운데 나보다 나이가 한두 살 많은 '노인' 인도계 남자 직원 B가 있었다. B와 얘기를 해보면 심리학에 대해서는 아는 것이 별로 없는 맹탕이라는 인상을 강하게 받곤 했다. 그러나 세상 살아가는 데 일어나는 자질구레한 일, 이를테면 자동차 사고가 났을 때 그 일을 처리한다든지 자동차 보험을 고르는 일 같은 데는 무척 영리한 사람이라는 인상을 받았다.

무슨 회의나 사례 발표 같은 데서도 자기가 제일 많이 아는 것처럼 쉴 새 없이 떠들어대는 게 그의 특징이었다. 나는 속으로 별로 아는 것도 없는 녀석이 왜 저렇게 혼자 잘난 체 떠들어대는지 B가 못마땅했다. 그래도 명색이 과장인데 점잖은 과장으로 보여야 한다는 생각이 들어 사람들 앞에서 그를 공박하지는 않았다.

다행히 B를 못마땅하게 여기는 사람은 나 말고도 또 한 사람이 있었다. 하와이 대학교에서 석사를 마치고 심리과 직원으로 온 중국인 H였다. 나이가 나보다 한 살 위인 H는 B를 못마땅해 했다. 못마땅해 했다기보다는 미워했다는 말이 더 맞을 것이다. 그래서 내가 주위에 아무도 없이 H와 마주 앉을 기회라도 오면 둘이서 맞장구를 치며 B의 흉을 보기에 바빴다.

그런데 사람들이 여럿 있는 데서 H가 B에 대해 하는 말을 들어보면 내 귀를 의심할 정도의 말일 때가 많았다. 예로, 심리과 직원 전체 회의에서 무슨 위원회를 조직한다 하면 H는 으레 "B를 위원으로 추천합니다." 하며 B를 치켜세우는 것이었다. 그러면 B는 또 좋아서 자기가 무슨 해결사나 되는 것처럼 으쓱해 하는 것이었다. H는 나와 단둘이 있을 때와 여러 사람이 있을 때 B를 대하는 태도가 왜 저렇게 다를까 궁금증이 들 때가 많았다.

한번은 H와 나 단둘이 있을 때 H에게 바로 물어봤다. 내 앞에서는 B를 그렇게 무능하다면서도 여러 심리과 직원들 앞에서는 자꾸만 그를 치켜세우는 이유가 뭣이냐고 —. 이에 대략 다음과 같은 놀라운 H의 대답이 나왔다. "B는 본래 맹탕이다. 그러나 그는 언변이 아주 좋기 때문에 잘못하면 그에게 넘어간다. B와 같은 맹탕은 사람들 앞에 되도록 자주 노출을 시켜서 밑천이 드러나도록 해야 한다. 그러면 얼마 안 가서 아무리 바보 같은 심리과 직원이라 할지라도 "B는 속이 텅 빈 놈이구나." 하는 결론에 쉽게 도달할 수 있을 것이라는 것. 아, 이 얼마나 깊이가 있고 무서운 음모냐. 나는 감탄의 무릎을 치고 말았다.

내 생각으로 한국 사람들은 일반적으로 단기(短氣)라서 H와 같은 차원 높은 음모는 잘 꾸미지 못 하는 것 같다. 한국 사람들은 B가 싫으면 어떻게 하든 B를 발가벗겨서 쫓아내야 직성이 풀린다. B를 자주 노출시켜서 그가 맹탕이라고 생각하기를 기다리기에는 인생이 너무 짧다. 당장 화살을 맞고 피를 흘리며 쓰러지는 B를 두 눈으로 봐야 직성이 풀린다.

H의 사례로 남북한 관계도 빗대어 볼 수 있다. 남한은 북한에 비해 뛰어난 경제성장을 이룬 나라로, 민주주의 형태를 유지하고 있는 나라다. 반대로 북한은 경제적으로 못 살 뿐 아니라 무서운 독재자 밑에서 자유라고는 없는 나라다. 그런데 최근 몇 달을 빼고는 남한에서는 북한에 대한 말을 못하게 했다. 그렇게 한 지가 벌써 수십 년이 넘었다. 북한에 대한 말을 자주하거나 북한에 동정이라도 하면 좌파세력이다 빨갱이 종북세력이다 하고 몰아세운다.

남한이 북한보다 그처럼 우세한 나라라면 자꾸 대화를 해서 북한의 실상이 어떻다는 것을 알려야지 말도 못하게 하는 이유가 어디에 있을까? ≪생각의 지도≫라는 좋은 책을 펴낸 니스벳(R. Nisbett)이라는 일리노이즈 대학교 문화심리학 교수에 의하면 그 이유는 논쟁의 부족 때문인 것 같다고 한다.

남한과 북한을 비교하는 논쟁이라도 벌어지면 남한이 훨씬 우월하다는 게 삼척동자라도 알 수 있을 정도로 분명하다. 그러나 두 제도의 장단점을 밝히는 논쟁이 없던 나라이니 어찌하랴. 옛날 중국이나 한국에 논쟁이란 거의 없었다. 왜 그럴까? 논쟁이란 내가 더 많이 알고 있느냐 네가 더 많이 알고 있느냐를 결정하는 과정의 하나다. 옛날 배를 타고 이곳저곳을 다니며 장사를 하던 그리스 사람들에겐 사회적 지위, 나이에 별 상관없이 논쟁을 해서 상대를 설득, 내편으로 끌어들이는 것이었다. 그리스 사람들은 개인을 독립적인 존재로 보았고 진리를 발견하는 수단으로 논쟁을 극히 중요시했다. 그러니 고대 그리스에서는 독재가 다른 문화권에 비해서 그리 많이 발생하지 않았다고 한다.

개인의 집단에 조화나 적응을 중요시하는 한국이나 중국, 일본 같은 동양 문화권 여러 나라에서 논쟁은 집단의 화목을 깰 우려가 있다는 이유로 자유롭고 활발한 토론 문화가 존재하지 못했다. 니스벳 교수의 주장을 따르면 기원전 5세기에 철학자 묵자에 의해 논리학이 발전했지만 묵자는 자신의 논리학을 체계화하지 않았고, 그 결과 논리학이 일찌감치 사라지고 말았다고 한다.

사람이 세상을 내다보는 눈은 어제 오늘 하루사이에 달라지는 것은 아니다. 조화와 균형을 중시하는 동양 문화와 개인의 독립적인 기능을 최선으로 아는 서양 문화는 수 세기 동안 나란히 공존하고 있다가 이제 접촉과 융화가 시도되고 있다. 도교, 유교, 그리고 훨씬 뒤의 불교에서 따온 세 철학에서 공통적인 요소, 이를테면 종합주의(holism)는 남북한 관계에서 서로를 바라보는 기본 사상이 될 수 있을 것 같다. 유교에서 말하는 중용(절대 극단으로 치우치지 않는, 서로 대립되는 의견이나 사람에게도 일리가 있다고 믿는)의 도(道)의 가르침도 마찬가지-.

북한과는 절대로 타협이란 있을 수도 없고 조화도 화합도 있을 수 없다는 강경론이 언제까지 서로 버틸 수 있단 말인가? 타오르는 감정의 불길만으로는 남과 북이 쌓이고 쌓인 원한을 해결하기에는 어렵고 갈 길이 멀다. 아무리 날카로운 지성도 맹렬히 타오르는 감정의 불길 앞에서는 맥을 못 춘다는 것을 기억하자.

(2017. 9.)

경로(敬老)

우리 민족은 까마득한 옛날부터 수도작(水稻作) 농경사회로 시작해서 오늘날까지 내려왔다. 그러니 이곳저곳 생활 터전을 옮겨 다니며 사는 유목민족의 문화와는 다르며 배를 타고 여기저기 다니며 장사를 하며 살던 희랍 민족의 문화와도 다르다. 논밭을 갈아 농사를 지으며 살아왔으나 20세기 후반에 이르러 눈부신 경제 발전을 이룩하여 세상을 놀라게 했다. 뒤잇는 과학문명의 도입은 우리 생활 전반에 걸쳐 혁명에 가까운 변화를 가져왔다. 그 결과 농경사회의 특징 문화는 하루가 다르게 이 땅에서 자취를 감추고 있다.

농경 사회에서 연유한 문화로 시작하여 오늘날까지 끈질기게 남아있는 문화유산은 어떤 것일까? 내 생각으로 우선 떠오르는 것이 노인을 공경하고 떠받드는 자세, 즉 경로사상인 것 같다. 내가 어릴 때만 해도 이 세상에 태어난 이유가 아버지, 어머니께 효도하고 이웃 노인을 공경하는 일이라고 할 만큼 머리에 무겁게 씌운 사명의 하나였다. 내가 어릴 때는 시내버스는 물론 어디를 가도 '경로석'이라는 표지가 붙어있는 데는 없었다. "노약자를 보호합시다."는 표지를 붙일 때는 벌써 노약자에 대한 사회의 홀대가 수없이 이루어지고 난 후였을 것이다.

농경사회에서는 나이가 많은 사람들의 경험이 농사일에 절대 필요한 경우가 많았다. 유목민처럼 여기저기 옮겨 다니는 기마(騎馬)문화에서는 노인은 귀찮은 존재가 될 수 있다. 그러나 농경 사회에서는 그 반대다.

사람들 간에 서로 화목하고 정을 나누며 인정스럽게 지내는 것도 농경사회로 이어온 우리 사회의 또 하나의 특징으로 볼 수 있다. 농사는 혼자 힘으로만 짓는 것은 아니다. 박 씨 댁에서 모를 내거나 추수를 하는 날에는 많은 마을 사람들이 힘을 모아 일을 도와주고, 김 씨 댁에서 추수를 할 때는 온 마을 사람들이 김 씨를 도와주고… 이렇게 돌아가며 일손을 보태주는 과정에서 따스하고 친화적인 인간관계가 자라는 것이다. 그 결과 누가 수익을 제일 많이 내느냐 보다는 서로 돌아가며 도와주는 화목한 인간관계를 맺으며 살아가는 게 하나의 전통이 되었다. 농경사회에서는 제 잘났다고 뽐내거나 남보다 앞서 가려는 행동은 그다지 환영 받지 못한다. 땅을 의지해 살기 때문에 땅에 대한 집착과 유동성(流動性)이 적은 생활여건은 향토에 대한 유별난 사랑과 애착을 길렀다.

지금은 사회가 급속도로 변하는 바람에 모든 사람들이 적응하기 어렵지마는 특히 노인세대는 이 변화를 따라잡지 못하고 허둥대는 실정이다. 나 개인적으로도 요새 와서 텔레비전 같이 간단한 것도 비행기 조종실처럼 복잡해서 내가 보고 싶은 프로그램을 골라 보기가 어렵다. 앞으로 우리 사회의 과학문명이 발달할수록 노인들은 이 변화를 따라 잡기에 힘들어하고 결국은 낙오자로 남게 되고 말 것이다.

노인들에게 공경을 요구하는 문화는 부모에 대한 효도로 이어진다. 효는 부모에게 정성을 다해서 공경하고 보양하고 모든 것을 보살펴 드리는 것이다. 부모가 돌아가셨다고 해서 효도가 끝나는 것은 아니다. 부모가 세상을 뜬 후 3년 동안은 부모 무덤 곁에 여막(廬幕)을 짓고 무덤을 지켜야 한다. 소위 말하는 시묘살이다. 옛날 한양에서 잘 먹고 잘 입던 양반이 시묘살이를 한다며 산속 여막에서 살면 먹을 것을 옳게 먹겠는가, 입을 것을 제대로 입겠는가. 3주도 아닌 150주 가량을 이런 환경에서 견디기는 퍽 어려울 것이리라. 그러니 시묘살이를 끝내는 사람들은 산야에서 어렵게 살던 선비가 많고 한양 사람들은 드물었다고 한다. 편법 시묘살이, 이를테면 돈을 주고 사람을 사서 시묘살이를 시키는 사람이 있었던 것을 보면 시묘살이를 제대로 마치는 것이 여간 어렵고 귀찮은 일이 아니었던가를 알 수 있다.

아무리 노인에 대한 공경이 사회의 변치 않는 핵심 문화의 하나라 해도 노인에 대한 공경이 날이 갈수록 줄어드는 것을 어찌할 수 없나보다. 본래 부모가 세상을 뜨면 자식은 3년 상을 치른다. 왜 3년일까? 자식이 태어나서 3년간 부모의 품속에서 자랐으므로 이에 보답해야 한다는 것이다. 옛날 옛날 그 옛날부터 내려오던

3년 상도 시대가 바뀜에 따라 불교식 전통을 따라 49재(齋)로 탈상을 하는 것이 유행이 되었다.

요즈음 세상에 시묘살이하는 사람을 찾아보려야 찾아볼 수 없고 3년 상을 고집하는 자식도 현대 도시생활에서는 불가능한 것으로 안다. 그러나 부모가 죽을 때 유산으로 땅 대여섯 마지기라도 남기는 날에는 그 자식들 간에 그 땅을 차지하기 위한 경쟁은 치열하다. 형제 동기간 불화가 이렇듯 날로 늘어나는데 하물며 남들과 대인관계에서 화목한 관계가 더 늘어날 리가 있겠는가? 농촌생활이 줄어들고 도시생활이 늘어가면서 그 비례로 남들과의 친화적이고 화목한 인간관계도 줄어드는 것 같다. 이래저래 노인들은 집안에서나 집밖에서나 젊은이들로부터 전과 같은 공경을 받기는 점점 더 어려워진다. 집안에서 며느리로부터 봉양 받던 시절도 우리 곁을 떠나갔고 손자손녀들도 스마트폰인가 뭔가에 정신을 빼앗겨 전처럼 할아버지 할머니 앞에 얼씬거리지 않는다. 손락(孫樂)이고 뭐고 다 옛날이야기—. 사회는 점점 복잡해지고 노인들은 점점 외로워지고 힘들어진다. 젊은이들이 노인을 공경하지 않는다는 말보다는 사회가 노인을 공경하지 않는다는 말이 더 가깝게 들린다.

(2018. 3.)

세월은 흘러가도

경주시에 있는 포석정에 관한 글을 읽다가 어릴 때부터 알고 있었던 것과는 생판 다른 사실 하나를 발견하였다. 내가 초등학교 때 배우기는 신라 경애왕이 포석정에서 풍악이 울려퍼지는 가운데 문무백관과 궁녀들을 거느리고 술잔을 띄우며 놀고 있었다. 바로 그때 백제의 복위를 꾀하던 견훤이 몰래 경주에 숨어 들어와 포석정을 덮쳐 경애왕을 죽이고 왕비와 궁녀들을 겁탈, 분탕질을 한바탕하고 돌아간 것으로 알고 있다. 선생님의 말씀을 듣고서인지, 별도로 책을 읽고 알게 된 것인지는 생각나지 않는다.

그런데 기록으로 보면 견훤이 포석정을 덮쳤을 때는 찬바람 부는 동짓달이었다. 그 추위에 밖에 나와 술잔을 띄우며 놀았다는 것은 아무리 생각해도 이해가 가질 않는다.

포석정 이야기와 같이 우리가 어렸을 때 책에서 읽었거나 어른들이 주고받은 이야기를 듣고 오늘날까지 사실로 믿었던 것에 강한 의구심을 갖는 경우가 한둘이 아니다. 임금으로 있다가 자리에서 쫓겨난 연산군이 그렇다. 연산군은 본래 성질이 포악무도하여 자기의 숙모 되는 박 씨 부인을 겁간, 임신까지 하게 되어 이에 수치심을 느낀 박 씨는 강물에 몸을 던져 생을 마감한 것으로 적힌 책이 꽤 여럿이다. 연산군이 자기 숙모까지 건드린 패륜아였다는 '증거'.

그런데 오늘날 한 젊은 사학도 L의 주장에 따르면 연산군이 박 씨 부인을 겁간했다는 당시 나이를 추정해보니 연산군 30~33살에 박 씨 부인 50~55살이었다고 한다. 조선시대 백성의 평균 기대 수명이 50살도 안 된다는 것을 생각하면 50~55살은 노인에 속한다. 이 나이에 임신할 수 있을까?

자기 숙모까지 건드렸다는 주장은 그를 임금 자리에서 쫓아낸 혁명파들이 자기들의 쿠데타를 합리화하기 위해 있는 것 없는 것 모조리 끌어 당겨다가 흉악한 패륜행위를 저지른 인물로 묘사하기 위해서 나온 주장이지 싶다. 연산군이 임금으로 있으면서 백성들을 못살게 군 학민(虐民)정치, 이를테면 대궐의 담을 기대고 사는 백성들을 아무런 재정적 보상 없이 내쫓아버렸다는 주장은 근거가 매우 미미하다는 것이다.

연산군이건 광해군이건 높은 자리에 앉아있는 사람을 끌어내려버린 사람들은 그 자리에 앉았던 사람을 나쁜 짓을 한 사람으로 부풀리는 예는 오늘날에도 흔히 눈에 띄는 현상이다. 연산군처럼 쫓겨나지는 않았지마는 국민들의 지지와 인기가 없는 상황에서 물러난 노무현에 관한 이야기를 빼놓을 수 없다. 노무현은 그의 대통령 임기가 끝나자 자기 고향에 집 한 채를 짓고 거기서 어린 시절의 추억 속에서 평범한 야인으로 살고 싶어 했다. 그러나 당시 그를 미워하던 세력은 그를 가만 두지 않았다. 보수언론들은 노무현 전 대통령이 지어놓은 집은 보통집이 아니라 '아방궁'이라고 대서특필했다. 그가 비밀히 부(富)를 탐했다는 주장을 은근히 내비친 것이다.

그런데 3년 전 나는 경상대학교를 방문했다가 C교수와 봉하마을에 다녀올 기회가 있었다. 노무현이 지은 집을 아방궁이라 부르는 것은 천부당만부당 조작된 거짓말이라는 것을 첫 눈에 알 수 있었다. 이 정도 크기의 집을 두고 아방궁이라 한다면 대한민국 서울 성북동에도 아방궁은 수천 채, 아니 수만 채가 넘을 것이다.

수년 전에 일어났던 천안함 사고도 마찬가지. 천안함 사고란 서해를 순항하던 우리 군함 한 척이 어뢰를 맞아 두 조각이 나고 해군 여러 명이 죽은 사건을 말한다. 남한은 북한 측이 저지른 만행으로 북을 나무랐고 북은 이를 부인했다. 북측이 저질렀다 해도 의문은 남고 북측의 소행이 아니라 해도 의문은 남는다. 천안함 사건에 대한 수없이 많은 설(說)이 쏟아져 나왔다. 내가 비공식적으로 헤아려본 것만 해도 10개가 넘는다. 그래서 나는 이런 사건은 100년, 200년, 1,000년을 가도 진실이 밝혀지지 않을 것이라고 했다. 곧이어 내가 종북 세력의 추종자, 빨갱이란 말도 돌았다.

요즈음 와서 퍽 재미있는 '말씀' 한 구절과 우연히 마주치게 되었다. 백기완의 시 〈님을 위한 행진곡〉 중에 '세월은 흘러가도 산천은 안다'라는 짧은 구절이다. 언제고 진실은 밝혀질 날이 오고야 만다는 말. 포석정에서 최후를 맞이한 경애왕이나, 임금 자리에서 쫓겨난 연산군이나, 폭파를 당한 천안함이나, '아방궁'을 지어 말썽이 된 노무현이나, 그 사건들이 일어나고 오랜 세월이 흘렀다. 그러나 아직까지 진실은 밝혀지지 않고 있다. '이것이 옳다' '저것이 옳다' 서로 주장이 엇갈릴 때는 믿음의 대결이 된다. 믿음의 대결에서는 이성이라든가 객관성, 합리성 같은 덕목은 맹렬한 감성의 불길 앞에서 맥을 못 추는 경우가 많다. 그러니 '이러쿵저러쿵'하는 입씨름은 이 지구 위에 사는 사람이 하나라도 있을 때까지 계속될 것이다.

'세월은 흘러가도 산천은 안다'는 말 대신 '세월은 흘러가도 산천은 말이 없다'로 고치는 게 차라리 마음이 편할지도 모른다는 생각도 든다.

(2016. 7.)

충성과 효도

빨리빨리 문화

나는 아직 프랑스 파리도 한 번 못 가본 촌놈이다. 젊었을 때는 바쁜데다가 주머니 사정이 허락하지 않았고 나이가 들어서는 도무지 도시여행에는 흥미를 잃은데다가 돌아다닐 기운이 모자랄 것 같아 아직도 망설이고 있다.

그런데 오늘 아침 신문을 보니 프랑스 파리에 있는 한국 음식점에는 종업원을 부르는 벨이 있으나 프랑스 식당에는 호출 벨이 없다는 흥미로운 기사 한 토막이 눈에 띄었다. 한국 식당에만 종업원을 부르는 벨이 있다는 사실은 빨리빨리를 강조하는 한국 사람들의 기질을 잘 나타낸다고 생각된다. 물론 나도 그렇지마는 한국 사람들은 일반적으로 성질이 말할 수 없이 급하다. 생활 모든 면에서 빨리빨리를 강조한다.

내가 대학 다닐 때만 해도 한국에서 음식점에 주문한 음식이 왜 아직 안 나오느냐고 소리를 지르고 독촉하는 의미의 손뼉을 치는 사람을 볼 수 있었다. 빨간 신호등 앞에 선 자동차가 신호가 바뀌면 단 1초가 안 되어 뒤차가 경적을 울린다. 이런 풍경은 이제 서울 바닥에선 말끔히 사라진 것 같다. 학교에서는 월반을 하여 중학교나 고등학교를 2년에 마쳤다고 자랑이다. 박사과정을 2년에 끝냈다는 것은 본인의 큰 자랑거리. 그러나 내 생각에 학문이란 예술과 같아서 아무리 잠 안자고 열심히 했다 하더라도 짧은 시일 안에 학자가 될 수 있는 것은 아니다. 학문은 뜸을 들여야 한다. 술을 담그는 것처럼 숙성이 되어야 한다. 꼭 그렇다고는 얘기할 수 없겠지만 박사학위를 2년에 마쳤다는 것은 그 대학 그 학과에 무슨 문제가 있다고 생각한다. 좋은 징후는 아니다.

캐나다에 처음 왔을 때 쇼핑센터 계산대 앞에 손님들이 길게 줄 서 있는 데도 계산대를 맡은 점원은 세월아 네월아 손님과 할 얘기 다하며 느림보짓을 하는 걸 보고 울화가 치밀었다. 내 영어가 능통하고 배짱이 두둑했다면 "당신 지금 일하고 있는 거요 아니요." 하고 한 마디 쏘아 붙였을 것이다. 그러나 종업원에게 불평하는 손님은 하나도 없었다.

왜 한국 사람들은 모든 일을 빨리빨리 하려는 성향이 높을까? 홉스테드(G. Hofstede)라는 홀랜드의 문화 심리학자가 쓴 〈세계의 문화와 조직〉이란 책을 보면 빨리빨리 문화는 불확실성 회피 경향이 높은 데서 오는 부산물이라는 주장이다. 불확실성 회피 정도란 '사회에서 일어나는 예측이 불가능한 일에 대해 참고 견디는 정도'를 말한다. '잘 알지 못하는 것 혹은 자기와 다른 것으로 느끼는 불안이나 스트레스를 회피하는 정도'라 할 수 있다. 홉스테드의 연구에 의하면 53개국 가운데 한국과 일본이 아시아 여러 나라 중에서 가장 높다. 다른 말로 이 두 나라에 산다는 것은 정신적으로 몹시 피곤하다는 말이다. 불확실성 회피 경향이 높은 나라에서는 자살률, 술 소비량, 과로로 인한 죽음이 높다. 안절부절 하고 감상적이고 활동적이란 것도 홉스테드의 주장.

내가 왜 불안회피경향 타령을 이렇게 오래도록 할까? 빨리빨리를 추구하는 경향은 위에 늘어놓은 특성 모두와 '코드'가 잘 맞는다고 볼 수 있기 때문이다. 이 빨리빨리가 '욱'하고 치미는 열기와 불길 같은 오기와 맞물릴 때는 엄청난 에너지가 분출된다. 그 결과 하는 일에 악착같이 매달려 기적 같은 경제·산업적 업적을 이룰 수 있다는 장점이 있다.

그러나 빨리빨리에 따르는 폐해도 많다. 첫째 지나친 술 소비량을 들 수 있겠다. 빨리빨리 문화는 스트레스를 낳고 이 지나친 스트레스를 일시적으로 해소하기 위해서 술을 마시는 것이다. 하루 일과가 끝나고 친구 혹은 동료끼리 마시는 술자리는 스트레스에서 오는 긴장과 피로를 풀 수 있는 좋은 기회가 아닌가. 둘째 빨리빨리에 대한 강조가 줄어들면 산업재해도 줄어들지 싶다. 산업재해의 대부분이 너무 성급하게 목적을 달성하려 들다보니 차분한 마음으로 조심조심 챙겨보질 않아서 일어나는 재해가 아닌가.

뭐니뭐니 해도 인간은 행복을 위해서 산다. 너무 빨리빨리를 강조하다 보면 인생의 맛과 멋을 음미해볼 기회를 놓치기 쉽다. 많은 경우 인생의 맛과 멋은 빨리빨리에서 오는 게 아니라 느릿느

릿한 삶 세월아 네월아에서 오는 것이다. 자동차를 빨리 몰면서 주위 경치를 완상하기란 어려운 것과 마찬가지.

중학교 몇 학년 때인지는 모르겠으나 노산(鷺山) 이은상의 수필 〈적벽놀이〉를 읽던 생각이 난다. 어찌된 셈인지 초장은 까맣게 잊어버리고 중·종장만 어슴푸레 기억하고 있다.

……

오뉴월 하루해가 이다지도 길다더냐

인생은 유유히 살자 바쁠 것이 없느니

중학교 때 배운 시조 한 구절이 64년이 지나도록 내 늙은 머리 속에 이리저리 굴러다니다가 오늘 문득 생각이 나니 참으로 신기한 일이 아닌가. 하룻밤만 자고나면 성탄절이고 또 몇 밤만 자고나면 무술년 새해다. 아 세월 참 빨리도 간다.

(2017. 12.)

내가 뽑은 성군(聖君)

성군(聖君)이란 인덕이 뛰어난 어진 임금을 말한다. 요새같이 임금이 귀한 세상에는 한 나라의 최고 정치 지도자라고 할 수 있겠다. 누가 나보고 조선 역사에 남는 성군을 말해보라면 제4대 임금 세종대왕과 제22대 임금 정조를 꼽겠다. 세종은 한글을 만든 임금으로 조선 517년 역사에 가장 찬란하고 후덕한 발자취를 남긴 임금이니 별 수식이 필요 없지 싶다. 정조는 생각 밖으로 진보적인 성향을 가졌던 임금으로 24년 3개월간 조선을 멋지게 통치하다가 석연치 않은 일로 죽었다. 그가 10년만 더 살았어도 일본에 나라를 빼앗기는 설움은 겪지 않았을 것이라고 주장하는 사가(史家)도 있다.

정조는 뒤주에서 죽은 사도세자의 아들이다. 그는 어려서부터 당시 조정 안팎을 주무르던 노론 세력에 눌려 말 한마디, 행동 하나, 마음속에 있는 대로 내놓아 보질 못하고 세자 시절을 보냈다. 주위에는 자기를 헐뜯기에 바쁜 노론 세력들이 눈을 부릅뜨고 있었고 그가 왕위에 오르기 전이나 후에도 그를 죽이려는 암살 기도가 끊임없었던 세상. 정조가 임금이 되고나서도 그를 죽이려는 세력들이 존현각 지붕을 뚫고 들어가려다가 밤늦도록 책을 읽는 정조에 들켜 도망치지 않았던가. 이때 혜성처럼 나타난 도승지 홍국영이 일종의 보디가드로 앞장서서 정조를 보호하며 교묘히 위험을 이리저리 피했기 때문에 무사히 왕위에 오를 수 있었다고 한다.

왜 정조가 내가 뽑은 성군 둘 중에 들어가는지 설명할 차례다. 정조가 임금 자리에 오른 것은 그가 24살, 아버지 사도세자가 죽은 지 꼭 13년 만이다. 그는 왕위에 오르자마자 아버지 사도세자를 죽이는데 앞장섰던 처삼촌 홍인한, 정후겸, 할아버지 영조의 새 장인 김귀주 등을 사형했다. 정조의 장인, 그러니까 홍봉한은 당시 노론의 총수로 사도세자를 죽이자는 것을 노론의 당론으로 합의를 본 사람이고 사도세자가 들어 앉아 죽을 뒤주까지 구해서 영조에게 바친 사람이다. 홍봉한도 사형 후보자에 올랐으나 어머니 혜경궁 홍씨를 배려하여 죽이지는 않았다. 혜경궁 홍씨는 망해가는 친정을 구하기 위하여 네 번에 걸쳐 〈한중록〉을 썼다. 그러니 〈한중록〉은 사도세자의 참상을 회고하는 고백이라기보다는 무너져가는 친정을 살리기 위한 정치적 백서에 지나지 않는다는 게 사가들의 의견이다.

정조가 성군이라는 이유는 그의 인재 기용 및 문예부흥에 있다. 정조는 이승훈이 북경에 가서 세례를 받고 돌아온 후에 빠르게 교세를 확장하고 있는 천주교에 대해서 성리학자들이 제구실을 하면 천주교는 저절로 없어질 것이니 조정에서 이들에게 너무 예민하게 대하지 말 것을 제안했다. 정조는 지식인들, 그것도 서출(庶出) 계열의 학자들을 대거 등용, 규장각을 세워 문예부흥을 시도했다. 그때까지만 해도 양반가에서 태어난 서자는 주인 못지않은 학문을 이루었는데도 어머니의 신분이 낮다는 이유 하나로 차별대우에 시달렸다. 이에 정조는 성호 이익의 서자 청장관(靑莊館) 이덕무, 유관의 서자 영재(泠齋) 유득공, 북촌 사대부들의 삯바느질로 서출 아들을 당대 제일의 학자로 만든 초정(楚亭) 박제가 등 실로 기라성 같은 큰 학자들을 대거 기용했다. 진보적인 생각을 가졌던 정조는 현실에서 소외된 선비들이 모여서 실학의 한 주류인 북학파, 즉 농산업 중심의 개혁론을 주창한 이용후생 학파의 형성을 말없이 도왔다. 북학파의 근본 취지는 청나라의 발전된 문물을 배우자는 것. 겉으로는 매년 사신을 보내면서도 청나라를 오랑캐라며 멸시하는 성리학자들의 이중적 처신이 지배하는 나라 조선에서 청나라를 배우자고 주장하는 것은 당시로서는 혁명적인 인식 전환이었다. 정조는 이덕무, 유득공, 박제가, 서이수 등 4명의 서자들을 규장각 검서관으로 채용했다. 이들에게 날개를 달아준 셈이다.

정조는 뒤주 속에서 죽은 아버지 사도세자를 생각하면 금세 피눈물을 쏟는 심정이 되곤 했다. 양주 배봉산 언덕에 묻힌 사도세자의 무덤은 수은묘라 불렸다. 왕과 후비의 무덤이 능(陵), 왕세자나 그 부인, 또는 왕비가 아닌 국왕의 사친 무덤이 원(園)인데 사도세자의 경우 그보다 아래인 묘(墓)였다. 정조가 사도세자의 무덤을 옮기기로 마음먹었던 것은 10년 넘어 일, 노론의 눈치를 보느라 이렇게 늦었다. 정조가 마음먹었던 길지(吉地)는 수원 읍내에 있는 관가 뒤쪽, 정조가 성군이란 증표는 사도세자의 수은묘 이장에서도 잘 나타난다. 그는 무엇보다도 이주하는 백성들에게 후하게 보상해 주는 것은 물론 더 살기 좋은 곳으로 이주지를 잡아주는 것을 원칙으로 하였다. 둘째는 백성의 강제 부역을 일체 금지하는 것이었다. 이주해야 할 백성은 200여 가구. 정조는 균역청의 돈 10만 냥을 이주비로 사용케 하고 내탕금(임금의 비자금)까지 희사했다. 정조는 "털끝만 한 폐도 백성들에게 끼치지 않겠다."면서 사도세자의 상여도 백성의 부역이 아니라 일꾼을 사서 상여를 매게 했다.

시대가 흘렀어도 인간 됨됨이가 좋은 자질로 태어난 사람이 있고 나쁜 자질로 태어난 사람들이 있다고 하면 많은 사람들이 맞장구를 치지 싶다. 우리는 1945년 해방 이후 한 번도 성군을 가져보질 못했다. 종교단체에서 그렇게 사랑을 부르짖고 정직하라고 훈계를 해도 진심으로 국민을 사랑하고 그들을 이해하려는 정직한 최고지도자는 그림자도 비추지 않았다. 그 반대로 국민들에게 거짓말을 하거나 죄 없는 사람을 잡아다가 거짓자백을 강요한 뒤 좌파니 종북세력이니 하는 올가미를 덮어씌우는 것을 능사로 삼는 악질들만 우르르 쏟아져 나왔다.

먹을 것만 해결해 준다고 성군으로 불리는 것은 아니다. 국민을 사랑하는 애민(愛民) 정신이 철저해야 하고 문화적·예술적 훈훈한 바람을 불어넣는 사람이 성군이다. 성군은 새로운 바람과 먹거리가 충분하고 공정한 사회에서 태어난다는 주장이 있다. 성군이 이런 사회를 만드는가, 아니면 이런 사회에서 성군이 태어나는가?

(2017. 8.)

자유

대상포진으로 바깥출입도 못하고 종일 집에만 갇혀 있다가 하루는 유튜브(YouTube) 동영상에 '놀라운! 이것은 당신이 죽기 전에 볼 필요가 있는 비디오입니다.'라는 광고가 눈에 띄기에 죽기 전에 봐야 한다는 말에 속아 얼른 그 프로그램을 찾았다.

내용은 큰 수영장 몇 배가 되는 원탁 우리 안에 고래를 여러 마리 집어넣고 재주를 부리는 것을 구경하는 것이었다. 관중은 모두 합하여 1만 명은 될까? 고래가 고래답지 않는 행동, 이를테면 관객들에게 의도적으로 물을 뿌리는 행동을 보이면 관중들은 재미있다고 박수를 치는 것이다. 그런데 고래는 묘기를 어디서 배웠을까? 물론 사람에게 배웠다. 고래의 묘기는 생존을 걸고 행동과학에서 나온 훈련법칙을 따라 단계별로 하나하나 훈련해서 조합된 것이라고 해야겠다.

음악에 맞추어 춤추는 코끼리를 예로 들어보자. 두꺼운 철판 위에 코끼리를 가두고 그 철판에 점점 뜨거운 열을 가한다. 그리고 동시에 차이코프스키의 교향곡을 들려준다. 그 철판의 뜨거움이 견디기 어려울 정도가 되면 코끼리가 잠시나마 다리를 서로 바꾸어 가며 들었다 놨다 할 것이다. 이게 바로 코끼리가 음악에 맞춰 추는 춤이다. 이때 뜨거운 열기는 파브로프가 말하는 무조건자극, 교향곡은 뜨거운 열과 항상 같이 나타나는 조건자극이다. 이 과정을 여러 번 되풀이 하다보면 뜨거운 열이 없어도 차이코프스키 교향곡만 나오면 코끼리는 비록 철판 위가 아니라도 다리를 들었다 놨다 할 것이다. 사람 편에서 보면 음악에 춤추는 코끼리다.

동물의 묘기는 전부 동물이 본래 고통스러워하는 쇼크나 좋아하는 먹이 같은 무조건자극으로 훈련된다. 파브로프와 이론적 근거는 다르지마는 벌써 오래 전에 스키너(B.F. Skinner)라는 심리학자는 동물뿐만 아니라 인간의 모든 행동도 강화인자(reinforcer)에 의해서 형성된다는 이론을 주장했다. 그는 이 강화인자를 이용하여 탁구를 치는 비둘기, 노래하는 개[犬]도 훈련시켰다. 그러니 동물들의 묘기란 그들이 이 묘기를 배울 때 신체적인 고통이나 먹이를 박탈당한 경험을 수없이 겪었다고 할 수 있다. 이 고통을 피하거나 먹이를 얻으려는 행동에 관중은 박수를 보낸다.

나는 동물들의 묘기에 박수를 보내는 것을 보면 인간이 퍽 잔인하다는 생각이 든다. 하기야 동물에게 사람보다 더 잔인한 것이 어디 있겠는가. 동물은 그들이 태어난 환경 속에서 사는 것이 제일 좋은 것이다. 어떤 사람은 호랑이를 길들여 고양이처럼 안고,

사자를 길들여 주인 말을 잘 듣는 개처럼 만들었다. 그러나 내 생각으로는 주인 앞에 한가로이 누워있는 호랑이나 사자들은 그들이 뛰어다니던 초원과 구름이 그립고 마음껏 뛰어다니는 자기 동료들을 보면 몹시 부러운 생각이 들 것 같다.

벌써 이십 년이 지났다. 서울에 살 때 어느 여류시인과 함께 점심식사를 나눈 적이 있다. 그 음식점 옆으로는 교실 반만한 크기의 울타리 속에 사슴 한 마리를 넣어두었다. 아마 손님들이 자연의 풍광을 상상하며 식사를 하라는 음식점 주인의 장사술로 생각된다. 그런데 그 여류시인은 나를 보며 "선생님, 저 사슴 눈 좀 보세요. 얼마나 예쁜지…."라는 감탄사를 연발하는 것이다. 나는 속으로 "이 사람이 시인(詩人) 맞나?" 하는 생각이 들었다. 내가 보기에 이 사슴 눈에 보이는 것은 슬픔 그것뿐인 것 같았다. 자기가 뛰놀던 광활한 푸른 초원에 대한 그리움에 젖은 슬픈 그 눈망울—.

인간에게 가장 소중한 것이 무엇일까. 내 생각에는 자유다. 우리는 우리에게 정신적으로나 신체적으로 구속이 될 때는 무조건 그 구속으로부터 벗어나려 반항한다. 어린 아이들이 밥을 먹을 때 보면 외부에서 누가 먹여주는 것보다 제 스스로 떠먹으려고 발버둥 친다. 우리가 옛날 미국 원조를 받으면서도 미국 욕을 하던 것도 자유를 잃지 않기 위한 책략이었다. 이번에 박근혜를 몰아 낼 때도 독재의 사슬에 자유를 잃었다는 생각, 잃을지도 모른다는 두려움, 독재의 사술(邪術)을 마감해야 한다는 생각으로 그

추운 2016년 겨울에 그 넓은 광화문 거리를 수십만 아니 수백만의 촛불들로 훈훈하게 만들지 않았던가.

새로 당선된 대통령을 만나면 그 앞에서 울음을 터뜨리는 사람들을 유튜브에서 여러 번 보았다. 왜 그럴까? 내 생각으로는 쌓이고 쌓인 한(恨)이 순간적으로 눈물로 폭발한 것이라고 생각한다. 지난날의 환경과는 너무나 대조적인 환경을 마련해 줄 것 같은 사람, 더 많은 자유를 보장해 줄 것 같은 사람을 만나면, 시집이라고 가서 고생만 죽도록 하다가 문득 친정아버지를 만나면 왈칵 울음이 나오는 것과 마찬가지인 것 같다.

짐승은 그 짐승이 사는 곳에서, 사람은 사람이 사는 곳에서 하고 싶은 말을 하며, 하고 싶은 일을 하며, 가고 싶은 데를 가고, 아무 구속이나 제약이라곤 없는 사회가 우리가 꿈꾸는 이상향이라는 생각이 든다.

(2017. 8.)

사교술

한국에 있을 때였다. 대학 동기동창 되는 K교수를 전철에서 우연히 만났다. 손자손녀들이 읽을 책을 사 오는 길이라며 나보고 책 구경이나 하라고 그 중 한 권을 내게 내밀었다. 받아 보니 어린 아이들의 사교에 관한 책이었다. 책 표지는 딱딱한 표지로 돈을 많이 들여 잘 만들었다. 페이지를 넘기니 맙소사! 놀라지 않을 수 없는 장면이랄까, 수치스런 장면이 펼쳐져 있는 것이다. 요새 미국 아이들이 읽는 책을 그대로 우리말로 직역해 놓은 것이었다. 영어로 써 놓은 것을 직역한 것은 그렇다 치더라도 등장하는 주인공들의 이름마저 조지 스미스(George Smith)니 캐롤 심스(Carol Simms)니 해가며 영어 이름까지 그대로 번역해 놓은 것이 아닌가.

무서운 생각이 들었다. 우리가 어릴 때 친구 철수와 영이가 조지 스미스와 캐롤 심스로 바뀌어져 버렸다. 요새 한국에 유행하는 예쁜 이름들, 이를테면 예슬이니 꾀꼬리니 하는 이름을 썼더라면 훨씬 더 자연스럽고 가깝게 들렸을 텐데–. 캐롤이니 조지니 떠들어서 아이들을 문화적 노예로 만들고 있다는 불쾌한 생각이 들었다.

형제인 아이 둘이 장난감을 두고 서로 갖겠다고 다투고 있다고 생각해 보자. 우리 문화에서는 나이가 많은 형이 무조건 동생에게 양보하는 것을 가르친다. "준식이가 형인데 동생한테 양보해야지" 일 것이다. 그러나 서양에서는 이 장난감의 본래 소유주가 누구였던가부터 따진다. 이것도 사교술이라면 사교술로 아주 어릴 때부터 다르게 전개되는 것이다.

심리학은 사람을 연구대상으로 하는 학문이다. 서양사람 다르고 동양사람 다르다. 한국 사회의 사교적 행동이 있고 서양 사회의 사교적 행동이 서로 다르다. 요새 나오는 상담· 임상심리 교과서를 보면 북미 대륙에서 쓰고 있는 교과서를 그대로 번역해서(아니면, 번역도 않고 그대로) 쓰고 있는 것이 대부분이다. 이 지경까지 오게 된 책임은 전적으로 교수들에게 있다. 내가 한국 E여대에 있을 때는 강의를 영어로 하면 돈을 더 준다고 했다. 강의를 영어로 하기가 정말 싫어서 E여대를 갔는데 거기 가서 또 영어로 하란다. 이 무슨 비극이냐. 천지에 영어인데 아이들 대인기술을 가르치는 책에 조지, 캐롤을 쓰는 것이 무슨 잘못이냐. 상담· 심리를 가르치는 교수들이 학문의 큰 패러다임을 형성할 능력이 없다보니 미국 교과서를 번역해서 쓰는 것이 가장 쉽고 편안하지 않겠는가.

나는 대학에서 한국 상담을 생각할 겨를도 없이 북미 상담에 팔려 와서 이들 문화의 상담법을 공부해 왔다. 이들 문화에서 배양된 상담법으로 연구하고, 이름도 내고, 승진도 했다. 한국 E여대에 갔을 때는 내 학문적 여정은 이미 황혼길을 걷기 시작하던 쉰아홉 살. 한국 상담을 해볼 의욕도 능력도 턱없이 모자랐다.

서양의 상담이나 심리치료 이론을 보면 어떤 학파는 행동 변화를 꾀하는 것도 있고, 인지 변화에 호소하는 학파, 감성의 변화에 호소하는 학파 제각각이다. 그러나 그들의 공통점이라면 건강한 사람은 개인의 독립, 자율적인 행동을 할 수 있는 사람들이다. 반대로 동양에서는 그 사람이 심리적인 안정감을 갖고 주위 사람들과 조화롭게 지낼 수 있는 사람을 말하는 것이다. 먼저 것은 배를 타고 다니며 장사를 하던 희랍(Greece)문화에서 싹튼 것이고, 나중 것은 경쟁보다는 협력이 요구되는 동양의 농경문화에서 자란 사상이다.

교육 혹은 사회적인 관습이라 불리는 것도 이상적으로 생각하는 인간 모델을 지향하며 펼쳐지는 행사로 볼 수 있다. 그런데도 무조건 다른 문화에서 온 것만 따르고 있으니, 마치 서양 사람을 위해 만든 음식에 동양의 양념을 쏟아 붓는 것과 같은 어리석음을 범하고 있는 것 같다.

한 가지 예로, 이혼을 할까 말까 고민을 하다가 어느 상담소를 찾아온 사람을 생각해 보자. 개인의 자유를 황금같이 숭배하는 서양에서는 이혼은 어디까지나 '나'의 일이다. 그러니 친정아버지, 어머니, 시아버지, 어머니가 어떻게 생각할지는 별 중요한 것이 아니다. 그들은 뒤로 물러난다. 내가 어떻게 생각하는지 내가 이혼을 할 것인지, 말 것인지가 중요한 것이다. 한편 결혼을 두 가정의 결합이라고 생각하는 동양문화로 보면 내 결정도 중요하지마는 친정아버지, 어머니, 시아버지, 어머니에 끼칠 영향도 고려해 봐야 할 것이다. 그러니 미국의 남과 어울리는 사교술은 개인의 자율을 전제로한 사교술을, 한국의 사교술은 나의 독립보다는 '우리' 사회에 조화롭게 끼어들 수 있도록 하는 것을 강조하는 사교술이라고 할 수 있다.

어린 아이들을 위한 책에도 북미의 서양문화가 질식할 정도로 뒤덮고 있는데 하물며 대학교에서 쓰는 교재물에서야. 수학이나 물리학 같은 수렴성(收斂性) 지식을 다루는 자연과학은 문화 간에 별 뚜렷한 경계가 없다. 그러나 심리학이나 사회학 같은 사람을 다루는 발산성(發散性) 지식을 다루는 학문은 그 연구 대상인 사람을 중심에 두고 말을 해야 한다. "조지야 다슬기 잡으러 갈래?" "캐롤아, 떡볶이 사 먹자—." 어딘지 대변 보고 밑 안 닦은 기분이다. 이런 책을 읽고 자란 아이는 한국 사람이지만 한국 사람이 아니요, 그렇다고 미국 사람도 아닌 것이다.

손자손녀들을 위해 가방 가득 책을 산 할아버지 K교수의 얼굴에는 환한 웃음이 떠올랐다. 그러나 내 얼굴에는 다른 의미의 웃음이 피어나다 말았다.

(2017. 8.)

악처(惡妻)와 양처(良妻)

이 세상에서 악처(惡妻) 셋만 들라면 누가 꼽힐까? 내가 듣기로는 소크라테스의 부인 크산티페, 모차르트의 부인 콘스탄체, 톨스토이의 부인 소피아, 이 셋인 것으로 알고 있다. 언제, 누가, 어떻게 뽑은 것인지는 모른다. 그러니 이런 말은 우스갯소리에 지나지 않는 것으로 들어 두는 게 제일 현명한 일인 것 같다. 이 세 사람 말고도 이 세상에서는 악처도 많고, 그 반대인 양처(良妻)도 많다.

이 세 사람에게 드러난 뚜렷한 죄상이 없기 때문에 이들의 무슨 행동이 악처의 별명을 불러왔는지 궁금하다. 그런데 별로 트집 잡을 만한 행동도 아닌 것을 가지고 그렇게 야단들이라는 것은 주위를 살펴보면 금방 알 수 있다. 예로, 얼마 전 신문 보도를 보면 아내가 그의 남편을 살해한 사건이 보도되었다. 남편을 죽인 독한 아내가 악처이지 어찌하여 톨스토이 부인같이 여행 간다면서 노상 집을 비우는 남편을 기다리는 사람을 악처로 부를까.

서울대학교 역사학과 교수 송기호에 따르면 조선시대 살인사건을 보면 총 572건에서 남편 살해가 154건(26.9%), 술 마신 후 폭행치사가 66건(11.5%), 빚이나 가난 때문에 벌어진 사건이 64건(11.3%)으로 남편 살해가 가장 많았다고 한다. 또 일제강점기인 1912~16년 사이에 남편을 살해한 128건을 보면 독살 71건, 목을 잘라서 죽인 참살 28건, 목을 졸라 죽인 교살 18건, 도끼나 방망이 등 둔기로 쳐서 죽인 박살 14건, 집에 불을 질러 죽인 소살 2건, 펄펄 끓는 기름을 귀구멍에 넣어서 죽인 것이 4건이었다고 한다. 이처럼 부인은 남편을 잔인하게 죽였다. 부인들이 악독하다는 생각보다 얼마나 여성들이 억눌리고 학대 받았으면 이처럼 잔인한 방법으로 남편을 죽였을까 하는 생각이 앞선다. 이런 잔인한 수법으로 남편을 죽이는 아내 가운데 간혹 진짜 악처가 섞여 있는지도 모르지만 자기 남편이 돈 되는 소리도 못하고 다닌다며 불평하는 크산티페 같은 사람을 악처라 하는 것은 천부당만부당한 말씀이다.

내 눈에는 악처보다는 양처가 몇백 배 더 많은 것 같다. 물론 제3의 인물이 옆에 있을 때는 부부가 의도적으로 양처, 양부로 보이려고 애쓴다는 사실을 감안하고라도 이 세상에는 악처보다도 양처가 더 많은 것 같다. 악처는 소란을 일으키고 험한 말을 입에 담기 쉬우나 양처는 조용하게 말없이 남편을 돕기만 하는 사람들이라 다른 사람들 눈에 띄는 경우가 드물지 싶다.

그런데 악처면 어떻고 양처면 어떻다는 말인가? 악처도 자기 마음에 맞는 짝을 찾으면 양처가 될 것이요, 양처도 짝을 잘못 만나면 악처가 될 수 있으니 사람은 사는 처지에 따라 악처도 되고 양처도 될 수 있는 게 아닌가.

내가 한국 이화여자대학교에 가있을 때 안동대학교를 방문한 적이 있다. 그 대학교 박물관에서 400여 년 전 어느 선비의 아내가 서른한 살에 죽은 남편의 관에 넣어둔 남편에게 보내는 편지글을 읽은 적이 있다. 1998년에 경북 안동 고성 이씨 집안에서 무덤을 이장하다가 시신의 머리맡에서 발견된 부인의 죽은 남편에 보낸 편지라 한다. 그 편지를 읽고 이런 수정 같은 마음씨를 가진 아내면 양처라 할 수 있지 않을까 하는 생각이 들었다. 양처의 마음씨는 이래야 한다 싶은 생각이 들어 원이 엄마의 편지 전문을 여기 옮긴다.

원이 아버지에게

병술년 유월 초하루 아내가

당신 언제나 둘이 머리 희어지도록 살다가 함께 죽자고 하셨지요. 그런데 어찌 나를 두고 당신 먼저 가십니까? 나와 어린아이는 누구의 말을 듣고 어떻게 살라고 다 버리고 당신 먼저 가십니까? 당신은 나에게 마음은 어떻게 가져왔고 또 나는 당신에게 어떻게 가져 왔었나요? 함께 누우면 언제나 나는 당신에게 말하곤 했지요. "여보, 다른 사람들도 우리처럼 서로 어여삐 여기고 사랑할까요? 남들도 정말 우리 같을까요?" 어찌 그런 일들을 생각하지도 않고 나를 버리고 먼저 가시는가요. 당신을 여의고는 아무래도 나는 살 수 없어요. 빨리 당신께 가고 싶어요. 나를 데려가 주세요. 당신을 향한 마음을 이승에서 잊을 수가 없고 서러운 뜻 한이 없습니다. 내 마음 어디에 두고 자식 데리고 당신을 그리워하며 살 수 있을까 생각합니다. 이 내 편지 보시고 내 꿈에 와서 자세히 말해 주세요. 꿈속에서 당신 말을 자세히 듣고 싶어서 이렇게 써서 넣어드립니다. 자세히 보시고 나에게 말해 주세요. 당신 자식 낳으면 보고 말할 것 있다 하고 그렇게 가시니 뱃속의 자식 낳으면 누구를 아버지라 하라는 거지요? 아무리 한들 내 마음 같겠습니까? 당신은 한갓 그곳에 가 계실 뿐이지만 아무리 한들 내 마음 같이 서럽겠습니까? 한도 없고 끝도 없어 다 못 쓰고 대강만 적습니다. 이 편지 자세히 보시고 내 꿈에 와서 당신 모습 자세히 보여주시고 또 말해 주세요. 나는 꿈에서는 당신을 볼 수 있다고 믿습니다. 몰래 와서 보여 주세요. 하고 싶은 말끝이 없어 이만 적습니다.

나는 원이 엄마 편지를 처음 읽어갈 때 이상한 흥분과 서러움을 주체 못하며 돌아서던 생각이 난다. 원이 엄마 편지에는 화려한 수식어도 없고 마음속에 있는 생각을 그대로 쏟아놨기 때문에 진실하고 청순한 정서가 온 글발에 묻어 있는 것 같다. 400년 전이 아니라 요새 기준으로 봐도 원이 엄마는 보기 드문 양처가 되었지 싶다.

(2018.)

어느 제왕의 죽음

밝은 달은 발에 가득한데 나 홀로 외로이 서 있구나
(명월만렴오독: 明月滿簾吾獨)

위의 시구는 조선을 세운 이성계가 자기 아들 방과(정종)를 비롯하여 세자 방원(태종)이 헌수(獻壽)하는 연회석에서 즉흥적으로 읊은 시구로 알려져 있습니다. 이성계는 방원을 향하여 "네가 비록 과거에 급제했지만(방원은 이성계 가문에서 최초로 과거에 급제, 이성계의 큰 자랑거리였다 합니다.) 이런 시구는 쉽게 짓지 못 할 것이다."라고 말했다고 합니다. 또 이성계는 "산하는 옛과 같은데 인걸은 어디 있느뇨(山河依舊人何在)."라는 시구를 짓고는 좌우를 돌아보며 "이 구절에는 깊은 뜻이 있다"고 이덕일이 쓴 책에 적혀 있습니다. 방원에게 죽임을 당한 정도전, 남은 같은 개국 동지들을 그리워하는 시구라 합니다.

이성계는 조선을 개국한 정치가요 무장입니다. 새 나라를 세우자면 정치적인 이념과 그 이념에 따른 정책도 세워야지요. 평생 말 타고 싸움터만 헤매던 이성계에게 이런 능력은 없었습니다. 그는 서재에서 책 읽고 평생을 보낸 정도전이라는 불우한 선비의 머릿속에 한 나라를 세우는데 필요한 이념과 정책이 고스란히 다 들어있다는 것을 깨달았습니다. 그래서 그는 정도전의 머리를 빌리기로 했습니다. 쉰일곱 늘그막에 임금 자리에 오른 이성계는 아름답고 총명한 부인, 그리고 건장한 아들들이 여덟이나 되니 행복감으로 미어터질 임금님 같았지요. 그러나 그것도 잠시 잠깐, 세자 책봉에 갈등이 생겨 본처 한 씨 부인이 낳은 자녀들과 후처 강(康) 씨 부인이 낳은 자식들 간에 죽이고 살리는 골육상쟁이 일어나 강 씨가 낳은 자식이 둘 다 죽고 말았습니다. 또한 방과(정종)가 임금 자리에 오르고 얼마 안 있어 한 배에서 난 넷째 아들 방간이 박포의 말을 듣고 동생 방원을 먼저 죽이려고 하다가 도리어 붙잡혀 유배를 당하고 말았습니다.

임금의 집안에서 왕자들 간에 서로 죽이고 살리는 싸움이 일어났으니 백성들이 얼마나 비웃었겠습니까. 이 일만으로도 이성계의 마음은 갈기갈기 찢어졌을 것입니다. 이제 한 씨 부인도 가고 강 씨 부인도 갔습니다. 상왕(上王)으로 물러난 것도 이성계 자신의 뜻이 아니었다고 사가(史家)들은 말합니다. 모든 권력은 다섯째 아들 방원에게 집중되어 있었고 이성계에게 남은 것이라곤 녹슨 칼 몇 자루와 활 몇 개밖에 없었을 것입니다.

왜 방원은 그토록 권력을 쫓았을까요? 아무도 모릅니다. 방원

자신도 모를 것입니다. 우리는 모두가 권력을 부인하는 것처럼 말합니다. 대부분의 큰 회사 CEO들도 권력에 대한 갈망이 많지만 자기 자신은 그런 것은 쫓지 않는다고 말합니다. 정치인들도 마찬가지지요. 그들은 자기 자신이 유권자들의 머슴이라고 하며 그런 자격으로 교육문제나 발전에 중요한 역할을 하겠다고 합니다. 스스로 권력을 원한다고 말하는 정치인을 보았습니까? 정치 철학자 토머스 홉스에 의하면 사람은 누구나 권력에 대한 충동과 동경이 있다고 합니다. 우리 주위를 살펴보십시오. 고희를 훌쩍 뛰어넘은 노인들이 무슨 회장을 하겠다고 아침저녁 분주하게 나대는 것은 앞뒷집 현실에서도 얼마든지 볼 수 있지 않습니까.

이방원 얘기로 돌아가겠습니다. 이방원은 남다른 권력 욕구의 만족을 위해서 자기 자신은 물론 자기 아들 세종이 조선의 통치자가 되었을 때 걸림돌이 된다고 생각되는 사람은 누구를 막론하고 제거해 버렸지요(그 덕분에 세종은 31년 6개월의 임금 노릇을 무사히 마칠 수 있었습니다). 예로, 방원은 건장하고 활기에 찬 처남 사형제를 모두 죽여 버렸습니다. 죄목은 태종이 임금 자리를 세자에게 넘겨주고 상왕으로 물러나 앉겠다했을 때 민 씨 형제들 얼굴빛이 좋아하더라는 것이었습니다. 자기 사돈, 그러니까 세종의 장인, 당시의 영의정 심온도 별 것 아닌 죄목을 씌워 죽여 버렸습니다.

내 생각에 태조 이성계는 조선 임금 27명 중에서 가장 불우한 노년 시절을 보낸 임금이라고 생각합니다. 이제 자기 앞에 엎드려 머리를 조아리는 신하들도 많이 줄어들었습니다. 사랑하던 아내한 씨, 강 씨 모두 선계로 갔습니다. 아침저녁 만나서 건국에 대한 생각을 짜내던 정도전, 남은 같은 측근도 왕자들의 칼부림에 목숨을 잃었습니다. 아들 방원이 몹시 미웠지만 모든 군사와 지휘권은 방원이 가졌으니 옴짝달싹도 못하는 신세. 방원이 얼마나 미웠으면 둘째 부인 강 씨의 친척인 안변부사 조사의가 일으킨 난에 이성계도 가담했을까요. 그 난은 일찌감치 실패하고 말았습니다.

이성계는 배포가 큰 무인이었습니다. 임금이 되고 난 후에도 정도전과 함께 옛 고구려의 땅 요동을 칠 계획을 알차게 준비했습니다. 이제는 모든 것이 헛일, 죽음 앞에서는 제왕의 자리, 권력이라는 추상명사는 하나의 헛된 꿈이요 물거품입니다. 자기가 세운 왕조에서 쫓겨난 일흔 세 살의 늙은 영웅은 이제 세상을 하직할 때가 왔습니다. 태종 8년 5월 24일 풍질에 걸린 조선의 창업주 이성계는 이제 파란만장한 생을 마감하는 눈을 감았습니다. 그러나 그가 세운 조선 왕조는 500년이 넘는 세월을 더 견뎌냈습니다.

(2017. 9.)

충성과 효도

우리나라에서 가장 덕망을 풍기는 단어는 충성과 효도인 것 같습니다. 둘을 합해서 충효로 불리는 경우가 많지요. 그러나 이 두 덕목 모두 오늘날 민주사회에는 잘 맞지 않는, 현실감이 떨어지는 말입니다. 우리나라 군인들은 상관을 보면 '충성'이란 단어를 목이 터져라 크게 외치며 거수경례를 올려붙이는 것을 보면 충성이란 개인이 아니라 이 나라에 몸을 바치겠다는 장엄한 선서가 아닐까 하는 생각이 듭니다.

충을 실제 행동으로 옮긴 사람을 흔히 충신으로 불립니다. 우리나라에서 충신하면 대번에 떠오르는 사람은 성삼문, 박팽년 등 모두 자기 주군인 단종의 복위 운동을 꾀하다가 죽은 선비들입니다. 그러니 이들의 충성은 나라를 위해서 목숨을 바쳤다는 말보다는 모시고 있는 자기 주군(主君)에 대한 일편단심, 충정을 바쳤다는 말이지요.

조선의 개국 초에는 충성이 가장 큰 덕목으로 떠올랐습니다.

건국 초에는 구 왕조를 지지하는 세력들이 많을 뿐 아니라 여기저기서 새 왕조를 뒤엎으려는 음모가 춤추던 어수선한 시국, 이럴 때 주군에 대한 충성을 강조한다는 것은 너무나 당연한 일이라 볼 수 있지요. 그러다가 차차 나라가 안정되고 모든 게 제자리에 앉게 되자 충성에 대한 강조는 다소 줄어들고 효도니 우애니 하는 덕목들이 힘을 받기 시작했지요. 심 봉사의 외동딸 심청이가 이성계나 이방원의 개국 초기에 등장할 정도로 어리석은 아가씨는 아니지요.

그런데 요새 민주사회에서는 충성이나 효도 같은 말들은 수그러들고 대신 능력이니 책임감, 판단력 같은 것들이 더 주목을 받는 것 같습니다. 요새는 자기 상관이 부하에게 지시를 내려도 그 지시가 부도덕하거나 자기가 추구하는 원리에 어긋난다는 생각이 들 때는 "나는 그렇게는 못 하겠소."하고 반대 의사를 내놓는 사람들이 사회의 갈채를 받는 세상이 되었습니다.

민주사회에서는 개인의 의사가 매우 중요한 사회, 우리나라는 봉건군주제도에서 수백 년을 있다가 이제 막 풀려난 나라입니다. 얼마 되지도 않아 20년이 넘는 세월을 혹독한 군사 정권 아래서 입과 귀가 막혀 있었습니다. 그 결과 우리는 자기 생각을 솔직하게 표현하지 못할 뿐만 아니라 남의 의견도 왜곡됨이 없이 그대로 받아들이지 못하는 나쁜 습성을 가지게 되었습니다.

효 정신은 유교의 인(仁) 사상에서 퍼져 나온 것입니다. 조선의 임금들은 효(孝)를 나라의 통치 근본으로 보았습니다. 효가 굳건

해야 나라가 바로 선다는 말이지요. 효는 가정에서 시작되는 것, 그러니 국가도 가정의 연장선으로 생각해서 임금은 국부(國父)라 하고 그 부인은 국모(國母)라 부르기도 했지요.

효도에 대한 강조는 대단하지만 효의 실천은 세월이 갈수록 미지근해져 가는 것 같습니다. 효도는 본래 아들이(미안하지만 딸은 제외됩니다.) 부모에게 효도하는 데서 나왔습니다. 부모들이 자기들이 대접받자고 젊은이들한테 효도하라고 아우성이니 어떻게 보면 엎드려 절 받는 꼴이 됐지요. 그런데 진화심리학을 따르면 인간의 생존 목적은 자기의 씨를 되도록 많이 넓게 퍼뜨리는 데 있습니다. 이 목적을 달성하기 위해서는 제 자식들한테 잘하는 것이 제 부모한테 잘하는 것보다 100배나 나은 책략입니다. 그렇기 때문에 제 자식보다 부모한테 더 잘하는 사람은 드뭅니다. 우리 선조들은 "내리 사랑은 있어도 치사랑은 없다."는 만고의 진리를 진화심리학 강의 한 번 듣지 않고도 스스로 터득했습니다.

나라 안팎에서 자식이 부모한테 효도하는 게 아니라 부모가 자식한테 효도해야 되는 거꾸로 가고 있는 세상이 되어간다는 소리가 점점 커져 갑니다. 우리 사회에 전통적으로 내려오던 가부장적 사회는 국내뿐만 아니라 이민 사회에서도 막을 내리고 있습니다. 며느리가 시부모를 신주 모시듯 떠받들고 봉양하던 풍습은 먼 옛날 이야기. 이제는 시부모가 자식 눈치를 보며 옛날 젊은 자녀들이 부모 앞에서 하듯 입조심, 행동조심을 해야 합니다.

예외가 있습니다. 부모가 돈이 많으면 자식들은 부모 눈 밖에 나지 않으려고 효행을 많이 하는 것 같습니다. 한국의 이름난 거부들을 보십시오. 이 거부들의 자식들은 어찌해서 그렇게 낱낱이 효자들입니까. 이 거부들이 늙어 병상에 눕게 되는 날이면 자식들은 앞다투어 병문안을 갑니다. 하루만 늦어도 몇천억 원의 유산을 날려 보낼 위험이 있는 일을 어떻게 소홀히 하겠습니까. 나 같은 빈 털털이야 "아무도 날 찾는 이 없는 외로운 이 산장…" 신세가 되어 쓸쓸히 이 세상을 하직할 것 같은 예감이 듭니다.

아, 이렇게 보면 효도도 다 돈인가 하는 생각이 들겠지만 천만에, 돈 많은 부모가 눈을 감는 바로 그 순간부터 벌어지는 재산싸움을 상상해 보십시오. 차라리 돈이 없었으면 서로 형이야, 아우야 하며 다정하게 지낼 텐데 하는 생각이 절실할 것입니다.

민주주의의 꽃이 활짝 핀 사회에서는 충효 사상이 점점 험한 길로 접어들고야 말 것 같습니다. 그럼 다른 무슨 덕목들이 사회적 주목을 받는 덕목으로 떠오를까요. 내 생각으로는 능력, 책임감, 판단력, 자기주장, 우정과 사랑 같은 것들이 아니겠습니까. 이 여러 덕목 중에 가장 주목을 받는 덕목은 사랑일 것이라고 생각합니다. 온 세상이 온통 악질 독재자들로 몸살을 앓는다던지 아니면 평화주의자들로 메워져도 아무 상관없습니다. 사랑이란 충(忠), 효(孝), 인(仁), 의(義) 같은 전통적인 덕목을 뛰어넘어 모든 인간들의 가슴 속에 영원히 뼈저린 그리움으로 남아있을 덕목이니까요.

(2017. 12.)

박근혜의 재판

나는 태어나서 지금까지 두 번의 큰 국민적 저항을 구경꾼 입장에서 보았습니다. 한번은 목격자로, 또 한번은 캐나다에서 텔레비전을 통해서였습니다. 첫 번째는 초대 대통령 이승만이 민중의 거대한 저항에 떠밀려 대통령직을 내놓고 하와이로 망명한 것이고, 두 번째는 2016년 말에 시작된 대통령 박근혜가 하야하라는 데모, 소위 말하는 촛불시위였습니다. 이 시위로 박근혜는 국회에서 탄핵이 가결되고 헌법재판소에서 대통령직을 박탈, 지금은 그가 대통령으로 있는 동안 저지른 반 헌법적 행위에 대한 재판을 받고 있습니다.

이승만의 하와이 망명 때 나는 대학교 3학년 학생이었습니다. 본래 정치적 관심이 없는데다가 겁이 많은 나는 그 많은 데모에도 한 번 나가보질 못했습니다. 기껏 데모 경력이래야 4·19날 독재타도를 외치는 시위에 학우들과 함께 경무대 근처까지 가본 것이 전부입니다.

나는 사회의식의 발달이 느려빠진 아이라 그런지 대학생이 될 때까지도 이승만 정권에 대해서는 이렇다 저렇다 내 의견을 내놓을 근거가 별로 없었습니다. 고등학교 때 당시 이승만의 정적이었던 죽산(竹山) 조봉암의 시국 강연이 수성 방천에서 있다기에 나 혼자서 거길 간 생각이 납니다. 혼자 거기를 간 것은 틀림없이 내 마음 속에 느끼는 그 무엇이 있었을 텐데 그 무엇이 무엇이었는지는 아무리 애를 써도 전혀 생각이 나지를 않습니다. 그냥 사람구경 하러 갔겠지요.

이승만이 하와이 요양원에서 죽어서 그의 시신이 김포공항에 도착했을 때 어느 군악대가 스페인 민요 〈고향 생각〉(〈Flee as a Bird〉)을 연주하는 것을 라디오로 듣던 것이 생각납니다. 그리고 며칠 후 나는 서울대학교 본부 뒤, 낙산 밑에 있던 이화장에 가서 조문객 대열에 끼어 문상하고 오던 것도 또렷이 기억합니다. 고등학교 때는 죽산 강연을 들으러 가고 대학교 때는 죽산을 죽인 독재자 이승만의 문상을 갔으니 사내자식이 이렇게 줏대가 없어서야 되겠습니까.

이번에 박근혜를 대통령직에서 물러나게 하자는 시위를 할 때 나는 박근혜가 나라를 이끄는 것을 보며 여러 번 실망을 했습니다. 그러나 속으로 일 년만 더 참으면 된다고 생각하고 있었는데 촛불의 위세가 엄청나게 불어나는 데는 나도 놀랐습니다. 한국에 전화를 했더니 내 강의를 들은 대학원 학생들은 거의 다 촛불 시위에 자진해서 나갔다고 합니다. 나는 내가 영향을 주어서 그런가

보다 생각하고 기분이 좋아서 혼자 으쓱해 했습니다. 박근혜는 지금 대통령 자리에서 쫓겨나서 수감 상태로 재판을 받고 있습니다. 이 글이 활자로 나갈 때면 재판이 끝났겠지요.

그런데 한 가지 흥미로운 사실이 눈에 띕니다. 박근혜가 법의 심판을 받아 마땅하다는 생각을 하는 국민들이 압도적으로 많지마는 박근혜를 동정하고 현 정권이 그를 너무 가혹하게 다루고 있다고 생각하는 사람들이 생각보다는 많은 것 같다는 말입니다. 왜 그럴까요? 속으로 궁금해 하던 중에 니스벳(R.Nisbett)이라는 사회 심리학 교수가 펴낸 ≪생각의 지도≫라는 책을 뒤적이다가 박근혜가 관련될 수 있는 내용이 눈에 띄었습니다.

니스벳을 따르면 서양에서는 정의의 실현을 원칙으로 하며 법원에 가서 법적 해결을 할 때에는 반드시 선과 악, 이긴 자와 진 자가 존재한다는 것을 전제한다는 것입니다. 그러니 미국 같은 개인주의 사회에서는 개인 간의 갈등을 대부분 법적 대결로 해결을 한다고 합니다. 그러나 한국이나 중국, 일본 같은 집단주의 사회에서는 개인 간의 갈등이 생겼을 때 제 3자가 들어서서 중재(仲裁)나 타협 등 법적 대결이 아닌 방법으로 해결하려 한다는 것입니다. 그러니 동양에서 갈등을 해결하려는 목적은 이긴 자와 진 자를 결정짓는 것이라기보다는 쌍방 간에 움튼 적개심을 줄이려는 것이라는 것. 그래서 타협이 각광을 받는다는 말이지요. 북미 사람들은 보편적인 정의의 원칙에 따라 자신의 입장을 주장하고 판사나 배심원들이 공정한 결정을 내려줄 것을 기대합니다.

그러나 동양의 여러 나라에서는 상황 논리를 중요시 하는 것이 갈등을 해결하는 지름길로 본다고 합니다.

박근혜를 너무 가혹하게 다루지 말라든가 그를 감옥에 넣지 말고 풀어주어야 한다고 주장하는 사람들 중에는 방금 말한 상황논리를 중요시하는 사람들이 많은 것 같습니다. 한마디로 박근혜의 쓰라린 과거에 대한 이야기를 들어보면 동정이 갈 것이라고 믿는 사람들이 많다는 말이지요. 한창 나이에 어머니 아버지를 잃고 혼기를 놓쳐 (혼기를 놓쳤는지 아니면 최태민이와 어울려 놀기에 바빠서 그렇게 되었는지는 모르겠으나) 시집도 안가고 온몸을 이 나라에 바친 한 떨기 들장미 같이 가련한 여인. 어릴 때부터 과잉보호 아래 세상물정 모르고 커서 진실하지 못한 두 인간(최태민과 최순실)에게 농락당했으니 이 모든 정황을 깊이 살펴보라는 상황논리가 쏟아져 나옵니다.

동양에서는 법이란 추상적인 것이 아니라 개인 개인에 따로 따로 상황을 참고해서 융통성 있게 적용되어야 한다고 봅니다. 법이란 것도 이렇게 보면 이런 것이고 저렇게 보면 저런 것. 법을 만드는 것도 사람이고 그 법을 집행하는 것도 사람입니다. 더더군다나 오늘날의 포스트모더니즘 시대에서는 하나의 진리, 객관적으로 규정된 진리라는 개념을 인정하지 않습니다. 자기 생각이 진리라고 생각하면 그게 바로 진리이고 아니면 비진리입니다. 이런 난세(亂世)에 어려서부터 세상 풍파를 모르고 살아온 전 대통령 박근혜는 지금 허허벌판에 외로이 서 있습니다. 엄마 아빠가 흉탄에 목숨을 잃은 비극을 참작해서 부드럽고 인간적인 판결이 내릴지, 아니면 서양의 준엄한 법적해석과 증거에 의한 판결이 내릴지는 기다려 보는 수밖에 없습니다. 나는 후자를 지지합니다.

(2018. 1.)

충신(忠臣)인가 역신(逆臣)인가

〈님을 위한 행진곡〉

〈님을 위한 행진곡〉은 백기완의 시(詩)에 김종률이 곡을 단 바장조(F major)의 노래다. 우선 노래부터 적어보자

사랑도 명예도 이름도 남김없이
한 평생 나가자던 뜨거운 맹세
세월은 흘러가도 산천은 안다
깨어나서 외치는 뜨거운 함성
앞서서 나가니 산 자여 따르라
앞서서 나가니 산 자여 따르라

동지는 간데없고 깃발만 나부껴
새날이 올 때까지 흔들리지 말자
세월은 흘러가도 산천은 안다
깨어나서 외치는 뜨거운 함성

앞서서 나가니 산 자여 따르라

앞서서 나가니 산 자여 따르라

이 노래의 팔자는 무척이나 기구하다. 작사가는 민주 운동의 대부(代父)로 알려진 백기완과 소설가 황석영이고 노래를 작곡한 김종률은 당시 전남대학교 경영학과 3학년 학생이었다. 광주5·18 민주운동 기념행사 끝에 나온 이 노래에 나오는 님은 김일성을 가리킨다는 주장이 있어서 노래를 부르는 사람은 좌파 종북 세력으로 몰린다고 한다.

내가 이 노래를 알게 된 지는 얼마 되지 않는다. 신문에 '불러야 한다.' '못 부른다.' '제창은 되나 합창은 안 된다.' 말이 많기에 도대체 어떤 노래를 두고 그러나 궁금한 생각이 들어 피아니스트 K여사께 부탁하여 악보를 얻었다. 노랫말에는 무척 비장하고 한 맺힌 정서가 감돌고 멜로디는 슬프고 애잔하고 장중한 기분이 드는 그런 노래였다.

웬일인지 나는 이 노래에 마음이 끌렸다. 2017년 가을 음악회에는 〈님을 위한 행진곡〉을 색소폰으로 독주를 해볼까하는 생각도 해본다.

나는 이 노래의 노랫말을 쓴 사람 중 하나인 백기완에 대해서 많은 그릇된 편견을 가지고 있었다. 일부 사람들을 따르면 그는 말썽꾸러기요 무모하기 짝이 없는, 반대를 위한 반대를 하는 투사, 빨갱이 사상을 흠모하는 종북 세력의 리더이다.

그러나 몇 주 전 어느 언론과 인터뷰 하는 것을 보니 그는 빨갱이도 아니고 김일성 숭배자도 아니요 오로지 면도날 같이 예리한 판단력을 가진 민주 투사로서 무척 반듯하고 강직한 사람이라는 인상을 받았다.

그가 꿈꾸는 이상은 하루 밥만 세 끼 축내는 눈빛 흐린 우리 같은 사람들과는 다른 차원에 머물고 있음을 한 눈에 알 수 있었다. 〈님을 위한 행진곡〉의 마지막 구절 '앞서 나가니 산 자여 따르라'는 중앙정보부에 끌려가서 이루 말할 수 없는 잔혹한 고문 끝에 '내가 오늘 여기서 죽어 나가는구나.'는 생각이 들던 때를 회상해서 나온 시구라는 것이다. 그토록 두들겨 맞고 그토록 잔인한 고문을 당하고 나면 애당초 빨갱이가 아닌 사람도 빨갱이가 되고 말지 않을까?

며칠 전에는 여명기의 시인 윤동주에 관한 영화를 보고 온 어느 대학 동문 한 사람이 윤동주가 일본경찰에 끌려가서 말로 다 할 수 없는 잔인한 고문을 당하더라는 이야기를 하면서 일본 사람들의 잔인함을 욕하는 것을 들었다. 일본경찰이 윤동주를 잔인하게 다루던 것을 욕하기 전에 한국경찰이 자기나라 국민을 얼마나 잔인하게 다루는가를 먼저 생각해보고 이런 말을 하는가 궁금한 생각이 들었다.

지금은 바야흐로 밀레니엄 세기. 부산을 떠난 KTX가 서울—개성—신의주를 지나 소련의 광활한 초원을 가로질러 유럽까지 내달리는 꿈을 실현할 단계가 아닌가. 그러나 신의주는커녕 개성도 못가고 있는 게 우리의 현실이다.

노래 하나를 두고 정부가 나서서 이래라 저래라 하는 것은 그 나라의 문화수준이랄까 민도를 말해주는 좋은 척도가 된다. 어떤 사람은 〈님을 위한 행진곡〉의 님이 김일성을 가리키는 것이라 하고 '깃발'이니 '동지'니 하는 말은 빨갱이들이 많이 쓰는 말이기 때문에 이 노래를 종북 좌파들의 노래라는 등 저마다 유식 혹은 무식을 뽐내고 있으니 그야말로 노래의 로르샤흐(Rorschach), 제 보고 싶은 대로 보고, 해석하고 싶은 대로 해석을 달면 그것이 곧 진리가 되는 것이다.

내가 E여대에 있을 때 있었던 일이 하나 생각난다. 어느 해였는지는 생각나지 않으나 대학원 박사과정 지원자 중에 학부 시절 학생운동을 했다는 소위 운동권 학생으로 알려진 L이 원서를 냈다. 어떤 사람들은 그가 운동권 학생이었다는 사실을 그다지 달갑게 여기지 않는 눈치였다. 다행인지 불행인지는 모르겠으나 나는 대학시절에 그 많던 학생운동에 한 번도 참가해 본 적이 없다. 겁이 많았기 때문이다. 기껏해야 4.19 때 종로로 해서 청와대 앞까지 가본 것이 전부다. 나는 입학사정을 할 때 나 같은 사람은 남자인데도 겁이 많아 내 의견을 한번 시원스레 내놓지 못하고 비실비실했는데 L은 씩씩하게 자기 의견을 밝혔다는 사실이 내겐 퍽 대견스러워 보인다는 말을 했다. L은 지금 경기도에 있는 어느 대학에서 이름난 교수가 되어 강단에 서고 있다.

그렇다. 세월은 흘러가도 산천은 안다. 그러나 그 산천이란 것도 영원한 것은 아니다. 영겁의 세월 속에서는 이 세상 만물이 뜬 먼지에 지나지 않는다고 탄식한 시인이 있지 않은가. 〈님을 위한 행진곡〉을 부르겠다고 고집하던 동지들도, 부르지 말라고 눈을 부라리던 사람들도 모두가 억겁의 세월 속에서는 티끌에 지나지 않는다. 깃발을 흔들며 앞서가던 사람들은 하나 둘 자리를 떴다. 어떤 이는 가슴과 머리에 총알이 박힌 채로 가고 어떤 이는 고문으로 팔과 다리를 못 쓰는 병신이 되어 떠났다. 또 어떤 이는 빨갱이라는 누명을 쓰고 떠나고 또 어떤 이는 힘이 다한 듯, 소진 상태로 자기네들을 못살게 굴던 세력 앞에 무릎을 꿇고 말았다. 그러나 억울한 삶을 살아가는 국민들이 있는 한 〈님을 위한 행진곡〉에 발맞추는 북소리는 그치지 않을 것이다.

(2016. 6.)

충신(忠臣)인가 역신(逆臣)인가?

조선은 27대 517년을 이어온 왕조다. 이 정도면 세계 기록인지는 모르겠으나 한국, 일본, 중국 세 나라에서는 단연코 가장 오랫동안 이어온 왕조다. 중국은 수(隨)에서 당(唐), 송(宋), 명(明), 청(淸)을 거치는 동안 조선과 같이 27대를 이어 간 왕조는 없었다. 중국에서 가장 길었던 왕조로 알려진 당(唐)은 20대 289년 밖에 안된다. 조선왕조의 절반 조금 넘는 셈이다.

이것이 자랑거리일까 아니면 수치스러운 일일까? 내 생각으로는 둘 다이지 싶다. 유교 전통에 기반을 둔 충효 절개와 신의가 유별나서 그렇게 오래도록 이어갈 수 있었다고 볼 수 있다는 것이 자랑거리. 수치스럽다는 것은 주군에 거머리처럼 달라붙어서 배를 채우며 부와 권세를 자자손손 누리려는 기득권 무리들이 너무 많아서 그렇게 되었다고도 볼 수 있다는 것이다.

조선조에 역모(逆謀)를 꾸미는 것을 보면 특이한 점 하나가 눈에 띈다. 즉 중국 같은 나라에서는 역모를 꾸미는 사람 자신이 스스로 왕이나 황제임을 선포하고 역모행동에 나선다. 그러나 조선에서는 역모를 꾸미는 사람들이 임금 자리에 앉을 왕족 혈통을 가진 사람을 미리 골라서 점찍어 놓고 역모에 나선다는 것이다. 11대 임금 중종과 17대 임금 인조 모두 혁명세력이 미리 점찍어서 임금 자리에 앉게 된 사람들이다.

지난해부터 박근혜 전 대통령에 대한 말들이 많다. 내가 보기에 그는 사악한 사람이라기보다는 주위 몇몇 사람들과 자기 보좌관들에게 마구 휘둘린 대단히 어리석은, 그러나 허영심과 자기도취에 빠진 사람 같다. 오늘도 박근혜 전 대통령을 가까운 거리에서 보좌하던 고위 관리 몇 사람들이 법의 심판을 받으러 법정을 드나드는 것이 텔레비전 화면에 비쳤다. 모두 잘 먹고 잘 입은 티가 나고 얼굴에 번지르르 기름기가 도는 인사들. 이들에게 현대판 간신이란 칭호를 갖다 붙인 언론도 있었다. 이들이 간신이냐 아니냐는 좀 더 무겁게 생각해봐야 하겠지만, 쌓이고 쌓인 울분이 터지고 말아서 그렇게 되지 않았을까 하는 생각이 든다.

나는 내가 박근혜 전 대통령을 보좌하는 고위관리였다면 어떻게 했을까, 나 자신을 그 상황에 대입(代入)시켜 보는 버릇이 있다. 내 생각으로는 위에서 내려오는 지시가 나의 핵심 윤리 기준과 크게 어긋나는 일이라면 시키는 대로 고분고분 했을까. 아니면 "나 이것은 못하겠소."하고 일어서서 나와 버렸을까. 아마도 나는 자리를 박차고 일어서서 나올 용기는 없는 위인이니 시키는 대로 꾸역꾸역 일을 했을 것이다. 그렇다고 어느 교수처럼 조교를 시켜

시험지를 갈아 끼운다거나 어느 보좌관처럼 차명폰을 주선해 줄 주제도 못되는 인물이니 직위는 항상 제자리걸음, 더 높은 지위에 오르지는 못할 것이다. 그러니 나 같은 사람에게까지 돌아올 쇠고랑이 어디 있겠는가.

테두리 밖에서 용감해지기는 쉽다. 그러나 조직 안에 있는 동료들과 등을 지며 "나 이거 못하겠소." 하며 내던지고 초연히 걸어 나오기는 세상 어려운 일일 것이다.

오늘 지나친 충성으로 쇠고랑을 차고 감옥으로 들어가는 사람들도 어린 시절부터 그렇지는 않았을 것이다. 그들도 학창시절에는 사회의 불의에 분노하고 자기가 앞으로 커서 사회에 나가면 불의와 싸우고 정의로운 사회를 만들어 보겠다고 여러 번 다짐을 했을 것이다. 이러한 젊은 시절의 포부는 크면서 세상만사가 자기 뜻대로 되지 않는 것에 분개, 이런 경험을 수 없이 되풀이 하다보면 가랑비에 옷 젖듯이 이해타산 따라 잔머리를 굴리다보니 오늘에 이른 것. 바늘 도둑이 소 도둑이 된 것이다.

간신은 최고의 권좌에 앉아있는 지도자의 능력부족으로 생길 때가 가장 많다. 그 가장 좋은 예가 박근혜다. 현명한 군주는 간신을 가까이 하지 않는다. 그 예는 조선 제22대 임금 정조에게서 찾아볼 수 있다. 정조는 임금 자리에 오르기 전부터 홍국영이라는 능력이 뛰어나고 패기에 찬 젊은이로부터 정조를 암살하려는 음모에서 여러 번 구제를 받았다. 홍국영이 없었더라면 정조가 임금 자리에 오를 수 있었을까 의심이 갈 정도다. 정조가 임금이 되고 홍국영은 서른도 못 된 나이에 총무, 재무, 병무, 외무, 학무의 실권을 모조리 거머쥐게 된다. 조선왕조의 첫 세도(勢道)정치가 시작된 것이다. 그는 몸과 마음을 바쳐 일편단심으로 임금 정조를 떠받들었다.

그러나 정조의 생각은 좀 달랐다. 그는 홍국영을 아꼈지만 냉정하게 그의 성향과 기량을 꿰뚫어 보고 있었다. 홍국영이라는 사람은 덕망과 어진 인품으로 자신을 도와서 천하대사를 이끌어 갈 위인은 아닌 것으로 보았다. 이제 그는 더 큰일이 터지기 전에 대책을 세워야겠다고 생각하고 조용히 그를 불러 은밀한 술자리에 앉혔다. 정조는 그 자리에서 홍국영에게 은퇴를 권고하였다. 박근혜로 말하면 김기춘이나 우병우를 조용히 해고한 것이다.

역모의 음흉한 생각을 품고 있다면 모르지만 주군을 위해서 한마음 한 뜻으로 몸 바쳐 일 한 홍국영은 충신인가, 아니면 간신인가? 내 대답은 간단하다. 이쪽에서 보면 충신이요 저쪽에서 보면 간신이다. 역사는 진 자가 아니라 이긴 자에 의해 쓰여 진다. 간신으로 말하면 조카 단종을 임금 자리에서 쫓아내고 자기가 그 자리에 앉을 음흉한 생각을 품은 수양(세조)을 따를 자 어디 있는가. 그러나 오늘 날 수양을 간신이라 부르는 사람은 없다.

오늘도 텔레비전에서는 법정으로 향하는 박근혜 보좌관들의 얼굴을 보여준다. 이들이 충신인가, 아니면 간신들인가? 얼른 판단이 나지 않아 몇 자 적어 보았다.

(2017. 3.)

호가호위(狐假虎威)

쓸데없이 남의 일에 참견하기를 좋아하는 사람들이 있다. 이들은 길을 가다가 주먹 싸움이라도 하는 이들이 있으면 공연히 중간에 끼어들어 나중에는 한 편을 들어 같이 싸우는 사람들이다. 동네 일에도 관심이 많고 대학에 다니는 옆집 총각 집 앞에 경찰차가 자주 서 있을 때는 그 총각 집안에 대해서 날카롭고 그럴듯한 의견을 간혹 내놓는 사람들이다.

나는 이런 이야기를 들으면 꼭 내 얘기를 하는 것으로 들린다. 나는 남의 일에 참견하기를 좋아하는 버릇이 있다. 이 버릇 때문에 맞아죽을 뻔 한 적이 있는데 이 이야기를 하려고 한다. 지금으로부터 약 20년 전 내가 E여대에 가 있을 때다. 초등학교 동창들이 우리 이제 살날도 얼마 남지 않았는데 한번 모이자고 해서 충북 단양 도담이라는 조그만 도시에서 하룻밤을 보낸 적이 있다. 도담은 시내 앞 강 한복판가에 바위 봉우리 세 개가 삐죽삐죽 솟아 삼봉(三峰)이라 불린다. 조선 개국 공신 정도전이 어린 시절에 거기서 놀았다는 설이 있으나 섬 자체는 제기차기 배구 한번 해볼 만한 공터도 없는 바위섬이다.

좌우간 동창생들과는 하룻밤 잘 지내고 헤어질 날이 밝았다. 나는 일상 버릇대로 일찍 일어나서 산책을 나갔다. 아무리 관광지라 해도 시골은 시골, 길에 다니는 사람도 없었다. 그런데 내 앞에 서 있는 트럭에서 웬 젊은이 하나가 운전석에서 유리 창문을 내리고 담배를 피우다가 불도 끄지 않은 꽁초를 휘익 길거리로 내던지는 게 아닌가.

그냥 가만히 모른 척하고 지나갔으면 오죽 좋았으랴. 나는 고만 "이봐요 불도 끄지 않은 꽁초를 길에다 그냥 버리면 어떡해요."하며 불평조로 말을 했다. 그 젊은이는 한참 가만히 있더니 자동차 문을 열고나오며 "당신이 뭐요?"하고 나를 노려보는 게 아닌가. 이제 시작해보자는 말이다. '아이고 이거 내가 잘못 걸려들었구나. 어떻게 해야 하나'는 생각이 퍼뜩 들었다. 그 젊은이는 건장하게 보이고 눈이 부리부리한 놈이 영락없는 산도둑이다. 꼭 무슨 일을 저지르고야 말 위인 같았다. 녀석이 내게 주먹을 휘두르는 날이면 경북 안동군 예안면 부포동 역동에서 태어난 도천 이동렬 선생은 그 자리에서 곱게 드러누워 세상을 하직하는 눈을 감고 말았을 것이다.

하늘이 무너져도 솟아날 구멍이 있는 법. 문득 몇 달 전 어느 신문에서 한국에서 깡패들이 가장 무서워하는 사람은 검사라는 말이 생각났다. 에라 모르겠다. 나도 이 세상에 태어나 육십 나이에 공갈 한 번 쳐보고 죽자며 그 젊은이를 보며 위엄을 갖추어 "내가 검사다."하고 반말을 했다. 이 순간 나의 심정은 토깽이의 허세라기보다는 양(羊)의 비명이었다. 어머나! 검사란 말에 그 젊은이는 위에서 끓는 물이 쏟아지는 채소가 돼 버렸다. 놀란 것은 나였다. 나는 검사란 말 한마디로 이렇게도 쉽게 제압해 버린 것이다. 나는 갑자기 기세가 등등해졌으나 상대방의 기가 죽었다고 너무 까불다 본색이 탄로 나면 큰 실수한다 싶어 아침이 늦었다는 구실로 슬며시 그 자리를 떠나 도망치듯 걸음아 날 살려라 나는 듯이 숙소로 돌아왔다.

젊은이에게 훈계를 하려면 주먹 실력이 어느 정도는 갖춰져 있어야 하는데 실력이라곤 없는 이 섬섬옥수를 가지고 누구를 훈계한단 말인가. 내 비극의 원인은 거리를 깨끗하게 해야 한다는 숭고한 애국정신에서 비롯한 것이다. 검사에 의존한 것이 약간 비겁하긴 했지만 그렇다고 검사 대신에 "내가 교수다." 했으면 어떻게 되었을까? 바위 같은 주먹이 나를 영영 잠재웠을 것이다.

내가 이렇게 남의 이름을 빌려 비겁하게 위기를 빠져나온 것을 자랑하다보니 또 하나의 천재적인 임기응변이 생각난다. 조선 숙종 때였지 싶다. 40년 동안 재상 자리에 있으면서 여섯 번이나 영의정을 지낸 양파(陽坡) 정태화의 일화다. 양파가 하루는 그의 아우 정지화와 함께 사랑에 앉아 있는데 우암(尤庵) 송시열이 찾아왔다는 전갈이 왔다. 두 사람은 당시 당파 간 갈등으로 심각한 대립 관계에 있었다. 정지화가 "형님 나 그자와 마주치기 싫소.

내 다락에 올라가 있다가 그자가 가고 난 뒤 나오리다."하고는 다락으로 올라가 버렸다. 잠시 후 영문 모르는 우암이 들어와 정태화와 수인사를 나누었다. 그리고는 워낙 입이 무거운 사람들이었으므로 주인이나 손님이나 말없이 앉아 있었다. 그렇게 10분이 지나고 20분이 지났다. 다락에 숨어있던 정지화는 아무리 귀를 기우려도 방에서 소리가 나질 않자 우암이 이미 돌아간 것으로 착각을 했다. "형님 그 자식 갔습니까?"주인과 손님이 말없이 앉아있는 방에다 대고 냅다 소리를 질러버린 것이다. 입장이 난처해진 양파는 "아, 아까 왔던 과천 산지기는 돌아가고 우암 송 대감이와 게시네."하고 임기응변으로 둘러댔다. 우암이 돌아간 후 정태화는 아우를 불러 앉히고 "나는 네가 내 뒤를 이어 영의정이 될 줄 알았는데 오늘 행동을 보니 영의정 그릇은 아닐세."하고 동생을 나무랐다고 한다.(동생도 나중 영의정에 올랐다.)

이 두 일화는 서로 어떻게 비교될까? 둘 다 임기응변이라는 데에서는 차이가 없다. 임기응변은 흔히 거짓말을 끌어대는 것이다. 양파는 '과천 산지기'를 나는 '검사'를 끌어댔다. 이 점에서는 누가 더 나쁘고 좋고가 없다. 그렇지만 나는 권력을 끌어대서 상대를 제압한 것이니 어딘지 호가호위(狐假虎威: 여우가 범의 위세를 빌어 다른 동물들을 놀라게 한다는 말)했다는 찜찜한 생각이 든다. 다시는 이따위 짓은 하지 말아야지.

(2017. 8.)

노인과 말(馬)

한국에서 최근에 캐나다에 이민을 왔거나 한국을 떠난 지가 오래되지 않은 사람들은 처음 캐나다에 오면 캐나다가 살기에는 한국만 못하다는 말을 하는 사람들이 많습니다. 들어보면 그들 주장에 일리가 있는 경우도 있으나 캐나다에 적응이 안 돼서 그런 불평이 나오는 경우가 대부분인 것 같습니다. 이런 말을 하는 사람들 대부분은 한국에서는 잘 살았던 사람들인가 봐요.

이렇게 누가 하라고 부탁하지도 않은 한국 자랑을 늘어놓는 이유가 무엇일까요? 혹시 한국에 대해 흉이라도 볼까봐 미리 선수를 치려는 심리는 아니겠지요. 개[犬]가 짖는 게 물려고 짖는 게 아니라 겁이 나서, 자기방어를 위해 짖는 것과 마찬가지라고나 할까요.

한국에서 방금 온 사람들이 한국에 대한 비판을 하는 것을 나무랄 필요는 없습니다. 우리가 지금 살고 있는 캐나다나 미국은 전형적인 개인주의 사회임에 비해 한국은 집단주의 사회입니다. 집단주의 사회에서는 '우리'의 존재는 커도 '나'의 존재는 미약합니다. '나'의 존재는 내가 소속하고 있는 집단을 통해서 알려집니다. 한 사람이 속하고 있는 집단의 조화를 깨는 것은 반역행위와 마찬가지로 봅니다. 논쟁이나 비판도 집단의 평화와 화목을 깨는 행위로 볼 수 있으니 논쟁으로 모든 것을 결정하던 그리스 문화에서 움튼 미국 같은 개인주의 사회와는 달리 그다지 장려되지 않습니다.

한국에서 온 지 얼마 안 되는 사람들이 한국 자랑을 많이 하며 남이 한국에 대해서 비판적인 견해를 내놓는 것을 참지 못하는 것도 그가 집단 사회의 한 멤버임을 기억하면 이해가 쉽게 될 것입니다. 집단주의 사회에서는 가정이건, 학교건, 정치 단체건, 자기 집단에 불명예스런 일이 터질 때는 소문이 집단 밖으로 나가는 것을 무척 꺼립니다. 그러니 아버지가 바람이 났다든지 재수를 한 동생이 또 낙방을 한 것은 남이 알까봐 쉬쉬하지요. 그러나 개인주의 사회에서는 동생이 낙방을 했지 내가 낙방을 한 것은 아니고, 아버지가 바람이 났지 내가 바람이 난 것은 아니기 때문에 별 숨김없이 얘기를 잘하지요.

캐나다의 실정을 잘 모르고 비평하는 경우도 많습니다. 이를테면 "한국 같으면 일주일 안에 끝낼 공사를 캐나다 사람들은 부잣집 약국 하듯 하다가말다 한두 달이 되도록 공사가 끝났는지 아닌지도 잘 모르겠다."는 캐나다 후진국 이야기는 들은 지가 열 번은 넘지 싶습니다. 이것은 한국이 캐나다보다 앞섰다는 증거라기보다 캐나다 노동자들은 일주일에 이틀, 그러니까 토요일과 일요일은 푹 쉰다는 것을 알면 얘기는 달라질 것입니다. 그리고 도로공사같이 밤일을 하는 경우에는 시간외 근무 수당(overtime pay)이라는 게 반드시 있습니다. 한국의 노동자는 여간 해서는 이틀을 쉬는 노동자는 없고 밤일을 해도 시간외 근무 수당을 받는 사람은 드문 것으로 알고 있습니다. '밤일을 하라.'는 상관의 지시가 떨어지면 무조건 해야 하는 것이 한국이지 않습니까.

한 가지 덧붙이고 싶은 것은 생활 철학에 관계된 것입니다. 한국에서는 이틀이면 되는 도로공사를 캐나다는 한두 달 걸린다는 말 속에는 '빨리하는 게 좋다.'는 의미가 포함되어 있는 것 같습니다. 왜 빨리 해야 합니까? 물론 공사를 빨리 끝내지 않으면 시민들에게 주는 불편은 더 크겠지만 한국의 빨리빨리 문화가 꼭 좋은 것은 아닙니다. 빨리 하는 것을 지나치게 장려하다보니 부실 공사가 너무 많고 때로는 인적·재정적 손해를 많이 보는 경우가 너무 많은 것 같습니다. 너무 빨리빨리를 강조하면 사람이 조급해지고 여유가 없습니다. 우리 모두가 한결같이 바라는 것은 행복이지 빨리 끝내야 하는 것은 아니라는 것을 잊지 마십시오.

전화 한 통만 하면 수박, 두부 몇 모까지 집으로 배달 해준다는 나라라는 한국 자랑을 많이 들었습니다. 내 생각으로는 이것은 한국이 모든 것이 발달해서 그렇다기보다는 삶이 무척 힘들고 고달프다는 것으로 해석됩니다. 우리가 한국에 살 때 밤에 수박 한 통을 배달하는 젊은 점원을 볼 때마다 미안한 마음이 들었습니다. 이 젊은이는 본래 이렇게 고단하게 일해서 먹고 사는 사람이니 신경 쓸 것 없다고 하는 대답에는 할 말을 잃고 말았습니다.

한국 사람들은 허황된 프라이드가 무척 센 것 같습니다. 한국인의 프라이드는 세계에서 둘째 가라면 서러워 할 정도. 미국이나 일본 같은 강대국 사람들을 우습게 본답니다. 이것은 한국인의 진정한 배짱이라기보다는 내 생각으로는 우리 민족이 오래 전부터 가졌던 강자에 대한 열등의식 때문이라고 봅니다. 병자호란이 끝나고 청나라 강국에 대해서는 야만족이라며 깔보면서 해마다 조공을 바치며 그 앞에서는 허리를 굽실거려야 하는 이중행동을 보였지 않았습니까.

그러다가 22대 임금 정조 때에 와서 초정(楚亭) 박제가나 청장관(青莊館) 이덕무 같은 선비는 조선도 하루 빨리 청나라의 진보된 문물(文物)을 받아들여야 한다며 초정은 ≪북학의≫라는 책을 쓰지 않았습니까?

그런데 한 가지 궁금한 게 있습니다. 지난 2016년 겨울 박근혜 대통령의 탄핵 찬성 · 반대 시위가 크게 일어난 것 기억하시지요. 탄핵을 반대하는 집단에서 태극기는 물론 미국 국기(성조기), 이스라엘 국기까지 나와 있는 것을 보았습니다. 한국같이 강대국을 우습게 보는 나라, 배짱이 두둑한 나라 (비록 국군 통수권은 남의 나라, 미국이 갖고 있지만)에서 민중 시위 때 남의 나라 국기, 이를테면 미국의 성조기나 이스라엘 국기를 들고 나오는 이유는 무엇인지 나로서는 전혀 이해가 안갑니다. 조선 말 동학란이 일어났을 때 조선 정부 자체에서 수습하지 못하고 일본군이 와서 진압해

준 것을 다시 연출해 보자는 말입니까?

우리도 이제는 마음을 가라앉히고 세상의 모든 일을 내다보는 틀을 다시 한 번 살펴봐야 할 때라고 생각합니다. 공자의 중용(中庸)사상도 되고 개인주의 문화에서 애용하는 논쟁을 빌려와서 우리의 세상일을 내다보는 틀을 다시 구성하자는 것이지요. 세상에는 영원한 원수도 없고 영원한 친구도 없습니다. 우리는 내일의 세상이 어떤 모습일까 알지 못합니다. 니스벳 교수의 ≪생각의 지도≫에 나오는 노인과 말[馬]이야기를 다시 여기 인용하겠습니다. 줄거리는 대략 다음과 같습니다.

어느 노인이 말 한 마리를 기르고 있었는데 어느 날 그 말이 집을 나갔습니다. 동네 사람들은 노인이 말을 잃어버렸으니 큰 재산을 잃은 거나 마찬가지라고 수근 거렸습니다. 그러나 며칠 후 집나갔던 말이 돌아왔는데 또 한 마리의 또래를 데리고 왔습니다. 동네 사람들은 큰 재산이 공으로 생겼다고 야단이었습니다. 그리고 얼마 안 있어 노인의 손자가 그 말을 타다가 떨어져서 다리를 다쳤습니다. 동네 사람들은 그 말이 성질이 고약해서 그렇게 되었으니 말을 갈아치울 것을 권고했습니다. 얼마 후에 나라에서 군대 징집을 하러 나왔습니다. 말 주인의 손자는 다리를 다쳐 징집에서 면제되었습니다. 동네 사람들은 말 때문에 생긴 경사라고 좋아했습니다.

인생의 내일은 아무도 모릅니다. 이 말[言] 뒤에 말은 이 세상 모든 일에 영원한 것은 없다는 말입니다.

(2017. 9.)

남자와 여자

야생동물 세계에서 수컷들이 목숨을 걸고 서로 격렬한 싸움을 벌이는 것을 텔레비전을 통해 가끔 본 적이 있다. 암컷, 즉 사모님을 차지하기 위한 싸움이라고 한다. 이 싸움에서 이긴 놈이 의기양양하게 주위의 여러 사모님을 독차지해서 자기 혼자 거느린다는 것이다.

나는 암컷을 위한 싸움 말고 또 다른 종류의 싸움이 있는지에 대해서는 잘 모른다. 먹이를 두고 서로 차지하겠다고 으르렁대는 것 빼고는 암컷을 차지하기 위한 싸움이 가장 많고 또한 격렬한 것으로 알고 있다.

만물의 영장이라 불리는 사람은 어떨까? 이성(異性)을 차지하기 위한 싸움이 없다고는 할 수 없는 것 같다. 그러나 여자 때문에 큰 시비가 날 때는 있었다. 예로, 호메로스가 쓴 서사시에 나오는 트로이(Troy)의 10년 전쟁은 헬레네라는 이름을 가진 미녀 한 사람 때문에 일어난 전쟁이 아니던가.

손종흠이 쓴 조선남녀의 사랑에 관한 책을 보면 조정의 벼슬아치들이 여자(기녀) 한 사람을 두고 서로 차지하겠다고 종들과 편을 지어 죽기 살기로 싸움을 벌인 이야기가 나온다. 그렇다면 혹시 옛날 동굴 속에서도 힘센 녀석 하나가 온 동굴 속 사모님들을 독차지 한 것은 아닐까.

인간 사회에서 전쟁을 하는 이유는 여러 가지가 있겠지마는 진화심리학자들 주장의 일부를 따르면 싸움 상대편 사회의 여자들을 포로로 잡아와서 성(性)적 접촉을 통하여 자기의 종족 수를 늘리려는, 다시 말하면 자기의 유전자 확장이 전쟁 이유의 큰 몫을 차지하고 있다고 한다. 태곳적 동굴 생활을 할 때부터 남자는 동굴 밖에 나가서 사냥을 하거나 외적이나 맹수들과 싸우거나 먹을 것을 구해오는 것이 그들이 주로 하는 일이었고, 여자는 동굴 안에서 아이들을 돌보고 기르는 것이 그들이 주로 하는 일이었다. 그러니 남자에 비하여 신체적 힘이 턱없이 모자라는 여자는 애당초 남자의 적수가 되질 못했다. 게다가 여자는 동굴 안에서 아이들을 보살피고 크고 작은 일을 하는 동안 따뜻하고 다정하며 모성애적인 부드러운 기질을 가진 쪽으로 진화했고, 남자는 밖에 나가서 사냥을 하고 먹이를 구하고 싸움을 하기 위해서 신체적으로 억세고 거친 기질을 가진 쪽으로 진화하였다.

이런 특성이 요구되는 생활환경이 오랜 세월 계속되다 보니 여자는 힘이 세고, 먹을 것 입을 것을 쉽게 구해올 수 있는 남자에게 전적으로 매달리거나 그의 소유물로 전락하는 경우가 많았다. 동굴 속에서 살 때도 고정된 짝이 있었는지는 모르겠지만 짝을 맺는데 있어서도 기왕이면 몸집이 크고, 억세고, 용감하고, 먹고, 자고, 입는 일에 많은 자원을 공급해 줄 수 있는 남자와 짝을 맺어 그의 유전자를 이어가기를 바랐을 것이다.

동굴을 떠난 지 까마득한 세월이 지난 오늘날에도 그 흔적이 남아있는 것을 찾아볼 수 있다. 예를 들면 돈 걱정이라고는 눈곱만큼도 할 필요가 없는 재벌 집 따님들도 짝을 고를 때는 돈 많은 남자들을 더 좋아한다는 것이다. 오늘날과 같은 문명사회에서는 동굴사회 때 남자로서 가졌으면 좋을 특성, 이를테면 완력이나 덩치, 용맹성에 대한 강조는 많이 줄어들었다. 예로, 이웃과 주차(駐車) 문제로 옥신각신 불화가 생기면 두 집 대표가 나와서 주먹대결로 문제를 해결하기 보다는 경찰이나 법(法)이 시비를 가려주는 조직사회가 되었다.

심지어 부부 생활에 있어서도 남편이 지나치게 신체적인 힘으로 아내의 행동을 통제하려 들 때는 경찰과 법원이 끼어드는 세상이 왔다.

한 가지 재미있는 것은 나는 동물세계에서 수컷과 암컷이 두 편으로 갈려 싸움을 한다는 얘기는 못 들어봤다. 남녀가 편으로 갈려 아옹다옹 하는 것은 인간 세상에서만 볼 수 있는 현상. 인간 세상에서 남녀의 대결은 물리적인 대결이라기보다는 심리적인, 즉 남자의 속박에서 벗어나서 남자와 똑같은 힘(power)과 기회를 누리며 살자는 염원이 그 중심에 자리 잡고 있다.

남자와 여자의 대결은 언제까지 계속될 것인가? 남자는 여자 없이는 못 살고 여자는 남자 없이 못 사는 세상. 이 영원한, 떨어질래야 떨어질 수 없는 파트너이자 적간의 대결의 미래는 그 주도권이 어디까지나 남자 쪽이 쥐고 있다고 본다. 여자 쪽에서 바라는 것은 그들에게 씌워진 쇠사슬을 풀어주어서 서로 균등한 환경 속에서 살아보자는 것이다.

그러나 알고 보면 우리는 편견이라는 겉옷을 입고 있기 때문에 편견이 사라지지 않는 한 족쇄는 풀리기 어려울 것 같다. 편견이란 지나치게 일반화된 신념과 두려움, 적개심 따위의 정서와 차별행동이 포함된 복합적 구성물이기 때문에 하루 이틀에 없어지는 것은 아니다. 남녀의 대결이 말끔히 사라지는 날이 올까? 그렇다면 그날이 바로 진정한 문명사회, 진정한 민주사회가 이루어지는 날이 아닐까.

(2017. 1.)

대통령과 셀리그먼의 개(犬)

심리학개론에 어김없이 나오는 것으로 learned helplessness (학습된 무력감)라는 말이 있습니다. 어떤 불쾌한 상황에 부닥쳤을 때 이를 벗어나려고 아무리 발버둥 쳐도 주위 상황에 아무런 변화가 없으면 "일어날 것은 일어나고야 마는구나."는 결론을 내리게 되는데 이런 경험을 자주 하게 되면 능동적이고 적극적인 해결책에 나설 힘을 잃고 무력한 상태에 빠져드는 행동을 가리키는 말입니다.

이 말을 맨 처음으로 만들어내고 많은 연구와 시간을 보낸 심리학자 셀리그먼(M. Seligman)이라는 사람은 다음과 같은 실험을 했습니다. 개[犬]를 도망칠래야 도망칠 수 없는 방에 가두고 불규칙적인 전기 쇼크(shock)를 여러 번 주었습니다. 물론 개는 피할 수 없는 환경에 있으니 꼼짝 없이 쇼크를 당하는 수밖에 없지요. 이와 같이 운명처럼 다가오는 불규칙적인 불쾌한 자극을 여러 번 경험 하고난 개를 이번에는 쇼크가 오면 쇼크가 없는 방으로 피신

할 수 있는 곳에 두고 쇼크를 주었습니다. 그랬더니 다른 개들은 얼른 쇼크가 없는 방으로 피신을 했으나 피할 수 없는 쇼크를 여러 번 경험했던 개들은 도망가려는 노력을 않고 오는 쇼크를 그대로 당하고 있더라는 것입니다. 개의 이런 행동을 두고 셀리그먼은 '학습된 무력감'이라는 이름을 붙였습니다. 앞에 '학습된'이란 말을 붙인 것은 개가 보여주는 수동적이고 무력한 행동은 선천적으로 타고난 것이 아니고 경험을 통해서 후천적으로 학습되었다(learned)는 것을 강조하기 위한 것이지요.

이 셀리그먼 교수 실험실 개의 행동이 인간에게 던져주는 의미는 퍽 큽니다. 어릴 때부터 피할 수 없는 불쾌한 경험을 많이 겪은 사람은 어른이 되어서 무력감이 높고 수동적인 사람이 되어 역경에 부닥쳤을 때 피해나갈 생각을 하지 못하고 고통을 당하고만 있게 된다는 것입니다. 이와 같은 무력감은 극심한 절망감과 모든 일에 수동적 행동이 따르는 것이 특징입니다. 우울증과 자살을 생각하는 사람들의 생각의 밑바닥에는 반드시 이 절망감과 수동적 행동이 짙게 깔려있지요.

우리나라에서 박근혜 전 대통령에 대해서 말이 많습니다. "소통을 못한다." "고집불통이다." "지 애비를 닮아 제왕적이다."… 내가 생각하는 그의 가장 큰 죄목은 셀리그먼 실험실의 개처럼 국민들에게 학습된 무력감을 마구 불어넣은 죄라 하겠습니다. 즉 그는 너무나 자주 국민들을 역경이 닥쳐왔을 때 말할 수 없이 수동적이고 '아무리 발버둥질 쳐야 올 것은 오고야 만다.'는 절망과 체념의 세계로 내몰았다는 것입니다. 예로부터 좋은 정치가들은 국민들에게 희망과 삶의 기쁨과 의지를 불어넣어주는 사람이었습니다. 세종대왕이 그랬고 정조대왕이 그랬습니다. 500여 년의 세월이 흐른 21세기의 박근혜 대통령은 어떨까요? 내 생각으로는 그 반대라고 생각됩니다. 친구들과 줄넘기나 공기놀이 한번, 설거지, 집안 청소는 물론이고 누구하고 말다툼 한번 못 해본 진공 속에서 어린 시절을 보낸 박근혜가 아닙니까. 이 비정상적인 환경에서 비정상적으로 자란 사람을 일부 보수 기득권층에서는 "지애비를 닮아서 경제는 잘 할께다." "배우자가 없으니 재산 탐닉은 없을께다."면서 그를 한 복판에 앉혀두고 진드기가 나무의 단물을 빨아먹듯 그를 이용하여 온갖 특권을 누리며 잘 살았습니다. 결국에는 자격도 능력도 검증되지 않은 동네 아낙네를 너무 가까이 하여 대통령으로 공과 사를 구별 못하는 엄청난 잘못을 저지르고 말았지 않습니까.

보통 사람들은 10년, 20년을 애써도 이룰 수 있을까 말까 할 일을 어떤 사람은 노력도 않고 힘 있고 권세 있는 사람을 배경으로 이용하여 하루아침에 후딱 해치워버릴 수 있는 사회에서 국민들이 학습된 무기력감을 아니 느낄 수 있겠습니까. 민주사회 실현을 위해서는 상벌(賞罰)이 공정해야 합니다. 똑같은 행동을 했는데도 한 사람은 상을 받고 또 한 사람은 상이 없거나 벌을 받는 사회는 공정한 사회가 아닙니다. 상벌이 공정하지 못한 사회는 욕구불만이 쌓입니다. 욕구불만이 잦으면 자기의 행동과 노력이 주위 환경을 바꾸는데 아무런 영향을 주지 못한다고 결론내리기가 쉽지요. 셀리그먼 교수 실험실의 개처럼 무력감과 절망감이 생긴다는 말입니다.

우리 국민 한 사람 한 사람이 모두 희망이 없고 힘 있고 권세 있는 사람은 식은 죽 먹듯 쉽게 하는 일을 자기는 아무리 노력해도 되는 법이 없고 정력만 낭비하는 세상이라고 생각해 보십시오. 이 얼마나 위험하고 무서운 일이겠습니까. 이런 풍토는 바로 병든 풍토이고 이 병든 풍토를 불어 넣는데 앞장을 선 사람이 바로 박근혜 전 대통령이라고 생각합니다. 대통령이란 사람이 신선한 바람을 불어넣어 주지는 못할망정 절망과 무력감과 체념의 어둠 속으로 밀어내서야 되겠습니까.

오늘도 컴퓨터로 한국 뉴스를 보니 광화문에서 남대문까지 "박근혜 나가라."는 전단을 들고 거리로 뛰쳐나온 시민들로 꽉 찼습니다. 나도 모르게 눈물이 나더군요. 절망 속에서 외치는 민초(民草)들의 함성이 이곳 캐나다 토론토까지 들리는 것 같았습니다.

(2016. 12.)

나라사랑

"우리나라 반 만 년 역사에 빛나는 애국자들은 누구일까?" 이런 것들은 내가 초등학교를 다닐 때 수 없이 던져보던 질문들이다. 내 대답은 자라면서 바뀌었다. 초등학교 때는 살수대첩의 을지문덕, 안시성 싸움의 연개소문, 한산도 대첩의 이순신, 하얼빈 기차역에서 이등박문을 쏜 안중근 같은 외부세력에 대항해서 싸운 사람들이 전부였다. 침입자에 대항해서 싸움 한 번 안 해본 사람을 어떻게 애국자로 부를 수 있느냐는 것이 나의 애국자에 대한 안목이었다. 나이가 들면서부터 군인 투성이었던 애국자 집단이 나도 모르는 사이에 창의적이고 문화 · 예술적 업적을 보인 사람들로 바뀌었다. 당시로서는 혁신적인 생각을 담은 책을 많이 쓴 다산(茶山) 정약용, 종두법을 발명한 지석영, 측우기나 해시계 등 여러 가지 과학적 기구를 발명한 장영실, 한글을 창제한 세종대왕, 화가 단원(檀園) 김홍도, 음악가 박연 등 백성들의 생활에 예술적 감각을 불어넣은 사람들도 애국자 집단에 들어갔다.

이들 중에 가장 위대한 애국자는 누구일까? 초등학교 2,3학년 학생들이 물어올 법한 질문이다. 내 생각으로는 이 나라 억조창생들이 자기 생각을 말과 글로 표현할 수 있는 문자를 만들어 준 세종대왕을 꼽는다. 내가 지금 이렇게 세종에 관한 글을 쓸 수 있는 것도 알고 보면 그의 덕이다. 그러나 세종은 단순히 지금 우리가 쓰고 있는 한글을 만드신 어른으로만 기억해서는 안 된다. 그는 우리 민족의 역사 전체를 통틀어 가장 찬란하고 화려한 민족문화를 꽃 피웠을 뿐 아니라 세상을 다스리는데 후세에 모범이 되는 태평성대를 이룩한 성군(聖君)이다. 현대적 감각으로 봐도 크게 빗나가지 않는, 참으로 멋지게 나라를 다스린 임금. 그는 정치, 경제, 과학, 문화, 사회 전반에 걸친 눈부신 업적 뿐 아니라 백성을 사랑하는 그의 마음 또한 지극하였다. 암군(暗君)은 간신배들을 싸고돌고, 현군은 현명한 신하와 가깝다는 옛말처럼 세종 주위에는 황희나 맹사성 같은 명신들은 물론 성삼문, 신숙주, 정인지 같은 당대를 호령하던 큰 학자들이 온 힘과 정성을 다하여 그를 보필하였다.

고등학교 때 학교 도서관에서 춘원(春園) 이광수의 ≪단종애사≫를 빌려와서 밤늦도록 읽은 적이 있다. 한밤중에 세종대왕이 집현전에 들러 책을 읽다가 잠이 든 성삼문, 신숙주에게 추울세라 이불을 덮어주던 아버지 같은 세종대왕의 따뜻한 부정(父情)을 읽던 생각이 난다. 이팔청춘에 읽은 소설 장면을 60년 세월이 지난 오늘에 이르기까지 기억하고 있는 것은 한창 사회적으로 민감할 나이에 진정한 통치자는 이런 사람이어야 한다는 생각이 깊이 박혔기 때문이지 싶다.

아무리 성군이라 한들 인간이기 때문에 겪는 비극이야 세종대왕이라고 어찌 비켜갈 수 있겠는가. 세종은 그가 살아있을 때 두 차례, 그가 죽고 나서 한 차례, 모두 세 차례의 큰 비극을 겪었다. 처음 두 번의 비극은 세종의 며느리 때문이었다. 첫 번째는 문종의 부인이 소쌍이라는 젊은 궁녀와 동성애를 하는 것이 발각되어 시어머니요 세종의 부인되는 심 씨에 의해 대궐 밖으로 쫓겨난 것이요, 두 번째 비극은 다음에 들어온 며느리가 남편 문종을 가까이하려는 미약(媚藥)을 쓰는 것이 들통이 나서 쫓겨난 일이다. 요새 말로 하면 자기 남편 문종과 운우지정(雲雨之情)을 좀 더 진하게 나누어 보려고 몸부림친 사모님의 갸륵한 소망 때문에 쫓겨난 비극이 아닌가. 억울하다.

이런 비극이야 세월이 가고 또 다른 며느리가 들어오면 시나브로 잊혀지는 일. 비극 중의 비극은 세종이 죽고 나서 자식들 간에 벌어진 골육상쟁이다. 즉 세종이 낳은 자식들 중에 둘째 아들 수양대군이 12살 나이에 왕위에 오른 어린조카 단종을 임금 자리에서 내쫓아 궁산 벽지로 귀양 보냈다가 결국에는 그를 죽이고 자기 동생 안평대군과 금성대군도 죽여버린 참혹한 사건이다.

애국심은 무엇인가? 내 생각으로는 내가 태어난 나라의 산천과 거기에 보금자리를 틀고 사는 사람들, 그 나라의 문화와 예술 모든 것에 대한 총체적인 사랑이요 공경심이다. 나는 나라를 사랑하는 마음도 고향에 대한 사랑의 연장으로 보는 버릇이 있다. 고향은 잊을래야 잊을 수가 없는 곳. 시조시인 C의 말마따나 고향이란 먼저 간 우리 선조와 우리 세대가 함께 살고 있는 곳이다. 우리 선조들은 먼저 갔어도 우리가 사는 꼴을 훤히 내려다보고 있다는 것.

우리가 현충원에 가서 선열(先烈)들의 묘비 앞에서 묵념을 드리는 것은 선열들이 우리를 훤히 내려다보고 있다고 생각하기 때문일 것이다. 또한 그 자리에서 우리는 이들에게 부끄럽지 않은 몸가짐과 마음가짐을 굳게 다짐한다. 이 다짐이 곧 나라사랑의 노른자위가 아닐까.

(2017. 2.)

자유놀이

아내가 공부하던 A대학에서 내 눈으로 직접 본 일이다. 학과에 중국을 다녀온 어느 교수 한 분이 (당시만 해도 중국에 가는 것은 매우 어렵고 거추장스런 일이었다.) 그 나라에서 보고들은 이야기를 나누는 자리였다. 청중은 대학원 학생들과 교수를 합해서 스물대여섯 명은 될까. 이야기 중에 그 대학에서 아동심리학을 가르치는 B교수가 손을 번쩍 들더니 "중국에도 어린이 장난감이 있습니까?"라고 물었다. 이 질문에 정말이지 나는 너무 놀라서 소리를 지를 뻔 했다.

세상에 이렇게 무식한 아동심리학 교수가 있을까? 이따위 질문은 "아프리카 대륙에 사는 사람들도 물을 마십니까?"를 묻는 것 같이 무식하기 짝이 없는 질문이었다. 이런 사람이 아동심리학 교수라니—. 모르긴 해도 B교수는 A 주 밖에는 나가보질 못한 시골뜨기인데다가 중국 같은 '미개국'에 무슨 장난감이 있을까 하는 중국에 대한 부정적인 편견 때문에 이같이 어리석디 어리석은 상식 이하의 질문을 한 것 같다. 중국은 먹고 살기에만도 힘든 나라, 미끄럼틀도 하나 없는 '미개국'으로 보았음에 틀림없다.

놀이는 어느 민족, 어느 나라의 어린이들에게도 거의 선천적으로 존재하는 현상의 하나다. 유아기 때는 잠에서 깨어나서 먹고 나면 부모와 주위환경과 놀이를 한다. 좀 더 자라서는 가상적으로 설정한 인물과 이야기를 꾸며 상상으로 논다. "…울긋불긋 꽃 대궐 차린 동네"가 바로 이런 것. 동물에게는 이 상상의 놀이는 없다.

고 또래끼리 만나면 어린이들은 거의 본능적으로 편을 짜고 규칙을 만들고 자유놀이를 시작한다. 어린이들에게는 놀이, 특히 아무 계획된 것이 없는 자유놀이는 기본적이다. 어른 생각에는 처참한 환경, 이를테면 난민 수용소나 대포 소리가 들려오는 전쟁터에서도 놀이는 항상 즐겁고 재미있는 것이다. 어린이들의 놀이 현상이 너무나 기본이기 때문에 유엔에서는 놀이는 잠을 잘 권리나 교육을 받을 권리와 동등한 기본인권으로 인정하였다.

어린이들의 놀이를 연구한 츄다코프(H. Chudacoff)에 의하면 20세기 전반에는 자유놀이의 황금기였으나 이제는 점점 줄어들고 있다고 한다. 부모들의 간섭이 늘어나기 때문이다. 부모들이 초등학교에서도 표준화 검사에서 좋은 점수를 받기를 갈망하는 형국이니 이 압력에 손해를 보는 것은 자유놀이 시간이다.

어린이들에게 자유놀이 시간은 어른들이 생각하는 것보다는 훨씬 더 긍정적이고 교육적인 면이 있다. 예로, 놀이를 통하여 어린

이들은 어떻게 하면 남과 함께 일하고 팀으로 단체활동을 하며 동시에 혼자 있는가를 배운다. 놀이를 통하여 신체적 균형을 얻을 뿐만 아니라 소중한 창의력을 키운다. 이 모두가 무언(無言)의 레슨(lesson)이니 이를 소홀히 한다는 것은 인성(人性)교육의 큰 부분을 무시하는 것과 다름이 없다. 9살에서 18살 사이에 활동적이었던 아이는 성인이 되어서도 여전히 활동적이라는 뚜렷한 연구보고가 있다.

늑대나 호랑이, 쥐, 개, 고양이 같은 동물도 어릴 때는 더 많이 놀고 사춘기에는 놀이시간의 절정을 이룬다. 사람도 이들 동물과 비슷한 모양새를 보여준다.

요새 아이들은 옛날 우리가 자라던 시절에 비해서는 장난감이 몇 배나 더 많다. 우리가 어릴 때는 장난감을 우리 손으로 만들어서 놀았다. 수수깡을 잘라서 안경도 만들고, 실패를 이용해 마차도 만들었다. 컵으로 전화기도 만들고, 겨울이면 방천에 놓인 돌을 보호하기 위해 얽어 놓은 철사 줄을 끊어 썰매를 만들었다. 이런 짓은 범죄행위에 속하지만 우리는 아무런 부끄러움도 몰랐다. 박근혜 보수 정권 같았으면 우리는 북조선에서 남조선 안전시설 파괴 공작을 위해 남파된 소년 결사대로 몰려 감방 신세도 여러 번 졌을 것이다.

우리가 어렸을 적의 놀이는 요새 핸드폰만 들여다보며 혼자 킬킬대는 재미와는 다르다. 그저 여럿이 모여 있다가 한 녀석이 뛰면 남은 녀석 모두가 우루루 달려가고 한 녀석이 엎드리면 다른 녀석들도 모두 엎드리는—한마디로 놀이 자체가 무슨 기능이 있거나 목적이 있는 게 아니었다. 낙동강 모래밭에서 뛰놀다가 밤이 늦으면 수박 도둑질을 하러 가곤 했다. 남이 힘들여 지은 농사를 우리는 재미로 훔치러 간 것이다. 그러나 그때 수박 도둑질 하러 간 아이들 중에 끝내 직업 도둑이 되어 먹고 사는 녀석은 하나도 없다. 모두 성실한 사회인으로 일하다가 지금은 은퇴, 저물어가는 인생의 황혼길을 걷고 있다. 그러니 어렸을 때 남의 물건 몇 개를 슬쩍했다고 "이 아이가 도벽이 있으니 상담이나 정신과 치료를 받아야 한다."고 수선을 떨 필요는 없다. 어렸을 때 비행(非行)의 대부분은 심리치료나 정신과 치료를 받지 않아도 나이가 들면 저절로 정상으로 돌아온다.

요새 어린이들은 자유놀이가 거의 없는 것 같다. 자유놀이가 없는 세상, 생각만 해도 끔찍하다. 그것은 그야말로 꽃 없고 지하수 없는 대지(大地), 바람 없고 안개 없는 창공이다. 어려서 산으로 들로 뛰어다니며 놀던 시절이 그립다.

(2017. 12.)

일과 놀이

내가 캐나다 땅을 처음 밟은 것은 1966년 9월 12일 아침이었습니다. 한국에서 석사를 마치고 S대학교 학생지도연구소에서 유급조교로 있었지요. 그때는 내 밑에 무급조교라는 것도 있었습니다.

정규직과 같은 양의 일을 하면서도 보수는 일전 한 푼 못 받는, 요새는 상상도 할 수 없는 직업이었으니 나 같은 유급조교만 해도 교수 발령이나 난 것처럼 목에 힘을 주고 다녔습니다. 물론 내 밑에 무급조교는 유급조교 발령을 기다리며 살겠지만, 알고 보면 나도 '나에게도 언젠가는 전임강사 발령이 떨어질 날이 오겠지.' 하는 바람 하나로 살아가는 처량한 신세였습니다. 내가 하는 일은 S대학의 12단과 대학을 다니면서 지능검사, 적성검사, 성격검사, 흥미검사 따위를 집단으로 해주고 개인 검사도 해주는 일이었습니다.

유급 조교로 3년을 있었으나 전임강사로 옮겨줄 기미는 보이질 않으니 나도 하루 빨리 유학을 가서 학위를 받아오는 것이 더 빠르겠다는 결론을 내렸습니다. 그때 우리 선배들은 미국유학에서 돌아와서 그네들이 유학을 얼마나 힘들게 했는지 자랑하기에 바빴습니다. 어떤 선배는 새벽에 학교 가서 밤 1, 2시에 돌아오곤 했으니 해[太陽]를 본 날이 없었다고 뻥을 까더군요. 그때는 그 선배님이 한없이 부럽고 존경스러워 보였습니다.

막상 캐나다에 와보니 선배들의 유학에 관한 이야기는 거의가 겁주기 위한 터무니없는 과장이었다는 것을 알 수 있었습니다. 나는 잘못 꾀를 부리다가 실패를 해서 한국으로 돌아가면 공항에 마중 나올 사람도 없다는 생각으로 열심히 공부에 매달렸지요.

공부하는 것처럼 온 세계 다른 문화권들이 비슷한 것은 없습니다. 공부야말로 책을 읽고 잘 기억해 뒀다가 시험을 칠 때 아는 대로 뱉어내기만 하면 되는 것 아닙니까. 이 짓은 한국에서 이골이 나도록 했으니 별 어려움은 없었다고 봐야지요.

캐나다에 왔을 때 내가 강하게 느꼈던 이곳 캐나다 대학생들은 공부할 때는 지독히 열심히 하다가도 놀 때는 미친 듯이 논다는 것이었습니다. 우리 한국 사람들은 일할 때와 놀 때를 명확히 구분하지 않는 것 같았습니다. 우리는 놀아야 할 때 일이나 공부 걱정을 하고 공부하거나 일해야 할 때 놀 생각을 많이 하는 것 같습니다. 우리가 대학생 시절에는 직장에 다니는 어른들이 출근을 해서 몸이 찌뿌드드하다며 근무시간에 이발소나 목욕탕을 가는 사람들이 많았으니까요.

이 북미 대륙에서는 놀이와 일이 확실하게 구분돼 있는 것 같았습니다. 강의를 들으러 나오는 날은 허름한 옷에 화장도 별로 없이 다니다가 파티가 있는 날이면 어디서 그렇게 말끔한 신사숙녀들이 쏟아져 나오는지, 여학생들은 짙은 화장을 하고 남학생들은 체격이 쭉 뻗은 놈들이 양복을 입고 넥타이를 매니 참 보기가 좋았습니다. 그러나 나는 한국에 있을 때부터 파티에는 별로 가본 적이 없었던 시골뜨기였기에 춤추고 노는 파티에는 오라는 사람도 없어서 한 번도 가보질 못했습니다. 당시에는 북미 대륙과 한국이 일과 놀이가 다른데 왜 다른지는 생각해보질 않았지요.

그로부터 몇 년의 세월이 흐른 후 어느 분의 책에 (책이름과 저자 모두 잊어버렸습니다.) 재미있는 내용들이 눈에 띄었습니다. 지금 내 기억으로는 그 책은 놀이 혹은 여가는 집단사회문화와 개인주의 사회문화가 깊숙이 관계된 것으로 설명되어 있던 것으로 기억합니다.

한국은 농경사회였던 관계로 놀이는 일의 능률을 올리기 위한 수단이었지요. 예로, 고인돌을 지점 A에서 B로 옮긴다 해봅시다. 그 무거운 고인돌을 옮기다가 지치면 돌을 내려놓고 일정 시간의 휴식을 취하지 않겠습니까. 어떤 이는 낮잠을, 어떤 이는 낚시질을, 어떤 이는 노래를 부르거나 장난, 아니면 윷놀이를 할 것입니다. 그러니 놀이는 어디까지나 다음 일을 시작하기 위한 기운을 돋우기 위한 것이지요.

한국은 수도작 농경문화에서 출발한 집단주의 문화, 땅에 대한 애착과 미련이 무척 큽니다. 북미 대륙은 기마문화, 개인주의 사회였기에 유동적이고 땅에 대한 미련이 적습니다. 개인주의 사회는 놀이 문화도 다양하니 그중에서 자기 마음에 드는 것을 선택하면 됩니다. 그러나 한국 같은 집단주의 사회는 놀이에 있어서 무척 획일적이라 할 정도로 단순합니다. 요새같이 문화의 융합이 이루어지려는 때에 집단주의와 개인주의 사회의 놀이를 따지는 것은 별 의미가 없습니다. 놀이 자체도 부자와 가난한 사람들의 놀이가 다르던 시대는 지나갔습니다. 민주주의 사회에서는 실로 수많은 놀이의 선택이 가능합니다. 우리 시대 대부분 사람들은 아버지 어머니와 놀아보질 못하고 어른이 되었을 것입니다. 아버지, 어머니는 외경(畏敬)의 대상이지 놀이의 상대는 아니라고 생각하며 컸습니다. 그러니 우리 부부는 아직도 놀 줄을 모릅니다. 노는 법도 어릴 때부터 가르쳐야 합니다. 놀이는 여가 선용과 바로 연결될 뿐만 아니라 자기의 내면적 복지 내지 삶의 질과도 관계가 됩니다. 궁극적으로는 우리의 행복감의 결정적 요소가 되지요.

(2017. 8.)

사라지는 상식

어제의 상식이 오늘의 비(非)상식으로 되어가는 세상에 나 같은 느림보가 그 변화에 따라가자니 여간 힘든 게 아니다.

무덤에 가는 날까지 상식일 거라고 아무런 의심도 없이 믿었던 진리랄까 정보들이 수정 · 보완 되어야 하거나 밀려날 위기에 있는 것들이 헤아릴 수 없을 정도로 많다. 생각나는 대로 몇 가지 적어보자.

'인생은 예로부터 일흔을 넘어 살기는 드문 일(인생칠십고래희: 人生七十古來稀)' 같은 시구나 예기(禮記) 내칙 편에 나오는 말 '남녀칠세부동석(男女七歲不同席: 남녀가 7살이 되면 한자리에 앉는 것이 아니다.)' 같은 경구는 요즈음 세상에는 잘 들어맞지 않는 것 같다. 우리가 어렸을 때 배운 노래나 속담도 마찬가지. 홍난파 작곡의 '퐁당퐁당 돌을 던지자 누나 몰래…건너편에 앉아서 나물을 씻는 우리 누나 손등을 간질여주어라.'하는 노래도 요새 세상에는 맞지 않는다. 물고기도 살기 힘들 정도로 오염된 물에 나물을 씻는 누나가 어디 있을까?

'울 안감을 따서 내다 파는 놈'은 사람됨이 조잡하고 제 이익만 챙기고 남과 어울려 지내지 못하는 인색하기 짝이 없는 놈을 두고 하는 말이다. 아무리 가난하더라도 자기 집 울타리 안에 있는 감나무에 달린 감을 따서 내다 팔아서는 안된다는 말, 이웃과 친지들에게 나누어주어야지 이것을 파는 놈은 제 이익밖에 챙길 줄 모르는 짠돌이. 단군 할아버지가 신단수 아래서 나라를 연 후 남과 나누며 살아가는 것을 제일의 미덕으로 알고 살아온 정(情)에 찌든 배달겨레에게 꼭 맞는 말이다.

그러나 바야흐로 돈이 있어야 하는 세상. 천도교 깃발을 높이 내흔든 교조(敎祖)는 "사람이 곧 하늘 (人乃天)"이라고 했지마는 지금은 "사람이 곧 돈(人乃錢)"인 세상. 사람이 동물과 다른 점은 "동물은 돈 걱정을 하지 않는다."는 유태인의 격언처럼 돈, 돈, 돈, 돈을 벌 수 있는 기회가 왔는데 무엇을 주저하랴. 내 집 울타리 안에서 자란 감나무에 달린 감을 따다가 팔아서 돈을 만들어 보겠다는 생각에 무슨 잘못이 있단 말인가.

"뒷간과 사돈집은 멀어야 한다." 뒷간은 가까우면 가까울수록 냄새가 나고 사돈집은 가까우면 오가는 말이 많아서 좋지 않다는 말이다. 그러나 이제는 농어촌에서도 집집마다 수세식 변소가 들어서는 판국이니 뒷간이 반드시 멀어야 할 이유가 없다. 결혼을 해서 떡두꺼비 같은 아들이나 병아리 같은 딸을 하나 낳으면 시어머니 친정어머니가 달려와서 그 놈(년)이 중학교 입학할 때까지

키워주는 세상에 사돈집이 멀어야 좋다는 말은 무슨 말인가? 그러니 이 속담도 문제투성이다.

"간다간다 하면서 아이 셋 낳고 간다." 여자가 시집가서 이혼하고 간다간다 하면서 아이 셋이나 낳도록 머물러 있다는 말이다. 요새 세상에 아이 셋이나 낳는 주책없는 여자가 있을까? 가족계획이 아예 없는 집이거나 수임(受姙) 날짜도 따져보지도 않는 막무가내 기분파이거나 자식 수에는 관심이 없는 억만장자의 사모님이겠지?

"구더기 무서워 장 못 담글까?"다소 방해되는 일이 있다고 해서 마땅히 해야 할 일까지 못할 수 없다는 말이다. 요즈음 세상에 집에서 장을 담그는 사람은 그리 많지 않을 것이고 설령 있다 해도 구더기를 실제로 본 사람은 드물 것이다. 언젠가 신문에서 구더기가 남자의 정력에 좋다는 기사를 본 적이 있다. 정력에 그리 좋다니 구더기 농장을 차려서 구더기 환(丸)을 만들어 비아그라(Viagra) 대용품으로 국제시장에 내놓으면 어떨까? 이것이 박근혜 정권에서 말하는 창조경제의 참모습이 아닐까?

"귀머거리 삼 년이요, 벙어리 삼 년이다." 시집온 여자는 몹시 조심하여 듣고도 못 들은 체, 알고도 모르는 체 해야 결혼생활에 살아남을 수 있다는 말이다. 새색시에게 가하는 공갈 협박이다. 도대체 지금이 어떤 세상이라고 이따위 공갈을 친단 말인가. 시국은 바야흐로 부모가 자식들한테 효도해야 하는 세상. 보고도 못본 척, 알고도 모르는 척 조심조심 해야 하는 것은 며느리가 아니라 시어머니와 친정어머니 내외일 것이다.

세월이 가면 모든 상식도 변하는 법. 상식이 변하면 우리 같은 노인들에게는 참혹한 현실이 기다리고 있다. 다음 세대를 위한 선생이 되기가 무척 힘들게 되어 간다는 것이다. 자식들에게 충고하고, 가르쳐주고, 길잡이 역할을 해 줄 능력이 없는 허수아비 부모. 나날이 일어나는 지식 혁명에서 '내가 활개를 칠 수 있는 부분'에 해당하는 공간이 좁아지는 데서 오는 비극이다.

(2016. 5.)

제 6 부

무정한 세월 한 오리를

세상에는 있다고 보면 있고 없다고 보면 없다

영국의 극작가 셰익스피어의 햄릿(Hamlet)에는 다음과 같은 말이 나온다. "이 세상에는 슬픈 일, 기쁜 일은 없다. 오직 슬픈 생각, 기쁜 생각이 있을 뿐이다." 맞는 말이다.

우리 생각이 이건 정말 슬픈 사건으로 규정하면 슬픈 일이 되지만 사건 자체가 슬픈 것은 아니라는 말이다. 이성(理性)이 진리 여부를 지배하던 시대정신은 가고 개인의 경험이 진리 여부 규정에 참여하는 시대가 왔다.

일찍이 청나라 수도를 다녀와서 기행문을 남긴 조선의 선비 연암(燕巖) 박지원의 글에 이명(耳鳴) 이야기가 나온다. 이명이란 귀에서 이상한 소리가 나는 병으로 본인에게는 분명 귀에서 여러 가지 이상한 소리가 들리나 옆 사람이 보기에는 아무런 문제가 없고 멀쩡하다. 춥고 배고프다고 신음을 계속하는데도 옆 사람들은 지금 여기가 바로 천당, 얼마나 살기 좋은 세상이냐고 떠들어대는 것과 마찬가지라고 할 수 있을까. 부자 쪽에서 보면 이 세상은 천당이나 가난한 사람들 쪽에서 보면 지옥이다.

서로 생판 다른 경험과 생각을 가진 사람들이 부대끼며 살아가야 하는 사바(娑婆) 세계. 그래서 〈아리랑〉의 시인들은 노래했다. "청천 하늘엔 잔별도 많고 우리네 살림살이 말도 많다."고—. 듣고도 못 들은 척, 보고도 못 본 척 하고 나만 열심히 고물고물 살아가는 것이 오늘날과 같은 난세(亂世)를 살아가는 데 가장 필요한 처세술로 생각해 볼 수 있다. 그러나 지나치게 소극적이랄까 이기적 태도라는 생각이 슬며시 든다. 근하신년.

2015 병신 새해 아침에

青峴山房主人 陶泉

오래오래 삽시다

'수여남극 노인성(壽如南極老人星)'이란 말은 남쪽 하늘에 떠있는 노인성처럼 오래오래 살아서 버틸 때까지 버텨 보자는 말이다. 어렸을 때 내가 살던 역동 옛집 사랑방에는 한국의 저명한 서예가 효남(曉南) 박병규가 왕희지체로 쓴 행서(行書) 한 폭이 있었는데 이게 바로 '수여남극노인성' 일곱 글자였다. 그때 그 글의 뜻은 알았으나 아무런 감흥도 없이 무심히 보고 지나가는 여느 시구에 지나지 않았다. 세월에 떠밀려 내 나이 어느덧 일흔 중반을 넘고 보니 새삼스럽게 이 시구가 생각나서 아침에 일어나자마자 붓을 잡았다.

올해는 내가 알고 있는 사람들 중에 현재 심각한 수준의 투병 생활을 하고 있거나, 아니면, 이미 유명(幽明)을 달리한 사람들이 너무나 많다는 기분이 든다. 몇만 적어보자. 우리 부부와 60년 가까운 세월을 서로 가깝게 지내던 대학 같은 과 선배요 아내의 은사이기도 한 C선생이 병으로 외출을 못한 지가 벌써 일 년이 넘었다. 지금부터 꼭 48년 전 어느 이른 봄날 내가 결혼할 때 예비

신부인 정옥자를 한국에서 캐나다 밴쿠버까지 데리고 와서 빈털터리 학생인 나에게 넘겨주고 간, 우리와 쌓은 정(情)의 두께로 말하면 지나온 세월만큼이나 두터운 선생님.

밴쿠버에 사는 K선생도 문밖출입을 못하고 있다는 우울한 소식이다. 우리 부부와 같은 대학교, 같은 과를 나온 K선배는 수재(秀才) 중의 수재로 이름을 날리던 분. 졸업 후에는 전공과는 생판 다른 분야에서 박사학위를 받았으나 부부가 같은 대학 교수진에 있을 수 없다는 규정 때문에 강단에서는 이름을 날려보지 못했다. 곧 그 대학 수학과에 가서 박사 후 과정 연구원으로 4, 5년 있다가 어느 날 집 근처에서 가벼운 교통사고를 당한 것이 고통의 시작이었다. 내 보기에는 참 아까운 재주였는데 그 재능 한번 마음껏 발휘해 보지 못하고 시들었다는 생각을 떨쳐버릴 수가 없다.

캘거리에 살던 C여사, 토론토 근교에 살던 J여사 모두 올해에 유명을 달리했다. 무슨 갈 길이 그리 바쁘던가, 온다 간다 말없이 하루아침에 불귀의 객이 되다니—.

이 어수선한 판국에 무슨 신통한 기운 돋구는 말을 바라겠는가. 그저 건강하게, 병 없이, 오래오래 살게 해달라고 빌어보는 수밖에 없다. 빈다고 될 일은 아니나 안 된다고 안 빌 일은 아니지 않는가. 주여, 부처여, 알라여 건강 주옵소서.

2015년 세모에

青峴山房主人 陶泉

만사야 한바탕 웃음거리지

'만사야 한바탕 웃음거리지 엉겁에야 청산도 뜬 먼지일 뿐(萬事不堪供一笑 青山閱世只浮埃)' 위의 절구(絶句)는 성종–연산군 때의 학자요 문신인 읍취헌(挹翠軒) 박은이라는 선비가 복령사라는 절에 다녀와서 지은 시(詩)의 한 구절이다. 당시 시와 문장으로 사해에 이름을 떨치던 유학자 읍취헌은 유자광과 이극균의 죄상을 탄핵하다가 도리어 그들의 모함에 걸려 파직, 유배를 갔다가 풀려나서 복직, 다시 투옥, 유배, 끝내 사약을 받고 그의 생을 마감하였다. 죽기 전 사약이 곧 내려온다는 전갈을 받은 그는 한바탕 껄껄 웃으며 얼굴색 하나 변치 않더라는 이야기가 전해온다.

이 세상에 일어나는 모든 것이 한바탕 웃음거리에 지나지 않으며 만고 청산도 영원무궁한 시간 속에서는 떠다니는 먼지에 지나지 않는다는 엄청난 비웃음—. 아무리 한 세대를 호령하던 유학자라 해도 아무 죄 없이 모함에 걸려들어 파직 당했다가 유배형으로 아는 사람 하나 없는 외딴 곳으로 가게 된 인연을 생각하면 어찌

불교적 세계관이 가깝게 느껴지지 않고 배길 수 있겠는가.

위 읍취헌의 시구와 비슷한 마음가짐을 노래한 우리 시조 한 수가 생각난다.

> 태평 천지간에 단표를 둘러메고
> 두 소매 늘어뜨리고 우줄우줄하는 뜻은
> 인세(人世)에 걸릴 일이 없으니 그를 좋아하노라

조선 중기의 문신 송천(松川) 양응정의 노래다. 태평 세상에 도시락과 물 떠마실 표주박 하나 어깨에 둘러메고 두 소매를 늘어뜨리고 우쭐우쭐 흥겹게 걸어가는 까닭은 세상에 아무것도 걸리는 것이 없어서 그게 좋아서 그렇다는 것이다.

읍취헌이 이 세상에 목숨을 붙이고 살아간다는 사실조차 별 의미가 없다고 할 정도로 일체 무상(無常)을 노래했다면 송천은 우리 인생살이에서 잠시잠깐 벗어난 탈속(脫俗)의 기쁨을 노래했다고 하겠다.

세상만사를 깃털같이 가볍게 보든, 납덩이 같이 무겁게 보든 세상일은 내 의지와는 상관없이 천리를 따라 일어날 것은 일어나고 가라앉을 것은 가라앉는다. 그러니 우리가 세상을 내다보는 마음을 다스리는 수밖에 없다. 흔히 자기 마음을 다스리는 방법으로 우리의 수동적인 자세보다는 능동적인 자세를 강조하는 사람들이 눈에 띈다. 가만히 앉아서 당하기보다는 버둥거려 보면 예상과는 다른 결과가 나올 수도 있다는 말. 문제는 반드시 그렇게 되지 않을 수도 있다는 사실에 있다. 그러니 '앉아서 당하고 있지만 말고 발버둥을 쳐보라'는 말도 좋은 충고가 될 때도 있지만 '숙명이라 생각하고 참고 견뎌라' '시간이 흐르면 이 고통, 이 기쁨도 사라질 것이다'라고 생각하는 것도 우리의 마음을 다스리는데 더없이 좋은 충고가 될 때가 있다.

날마다 해마다 일어나는 인생살이의 기승전결(起承轉結)에 오늘도 우리는 갈채와 웃음, 아니면 가슴이 빼개지는 듯한 슬픔을 안고 또 한 해를 보낸다. 지금으로부터 512년 전에 이 세상을 다녀간 읍취헌은 세상만사는 한바탕 웃음거리에 지나지 않는다고 스스로 비웃었다. 그렇다면 일이 자기 뜻대로 되었다고 좋아서 미소 짓고 바라던 대로 되질 않는다고 한숨지을 것도 없다는 말이 아닌가. 병신년이 우리 곁을 떠난다. 실컷 울고 실컷 웃어보자. 근하신년.

2016 병신 세모에

青峴山房主人 陶泉

무정세월 한 오리를

세월아 가려면 너만 가지

알뜰한 내 청춘 왜 뺏어가노?

아리랑의 한 구절이다. 이보다 더 노골적이고 직설적인 탄식이 어디 있을까. 이정도면 탄식이 아니라 원망이요, 원망이 아니라 처절한 부르짖음이다. 내가 언제 어디서 어떤 경위로 알게 되었는지는 생각나지 않으나 다음의 떨어져나간 한시(漢詩) 한 구절을 한 개 외우고 있다. "…지금까지 모든 일이 말 타고 달려온 듯 … 세월이 무정하여 나는 벌써 늙어 있네." 나는 이 떨어져 나온 절구 하나면 그만일 줄 알고 있었는데 이 절편보다도 더 애절한 구절이 있다니!

가는 병신년에 무슨 한(恨)이 그렇게 많아서 이렇게 탄식만 하고 있었을까? 내 나름대로 몇 가지 이유를 적어보자. 올 칠월에는 나의 중매로 부부의 인연을 맺게 된 사람들 사이에서 태어난 딸아이가 커서 결혼식을 올린다기에 귀빈 자격으로 초청되어 갔다. 좋은 부모 밑에서 사랑을 듬뿍 받아가며 곱게 자란 갓난아기가 어느덧 성숙한 처녀가 되어 웨딩드레스를 입고 수백 명의 하객 앞에 의젓하게 서 있지 않은가. 말로 표현할 수 없을 정도로 감격스러운데다가 지금 내 나이를 생각하니 세월이 빨라도 너무 빠르다는 생각이 들어 나도 모르는 사이 눈물이 핑 돌았다.

여기까지는 기쁜 소식. 슬픈 쪽으로 고개를 돌리면 너무나 많은 소식이 쏟아져 나온다. 어제까지 한자리에 앉아서 같이 차 마시며 웃고 떠들던 친구가 밤사이에 저세상으로 가버렸다는 슬픈 소식이 올 때는 놀라움으로 두 손만 부들부들 떨렸다. 지난주까지도 함께 언덕과 골짜기를 오르내리며 하이킹을 하던 사람이 이제는 다리가 불편하여 우리들과는 영영 하이킹을 못하겠다는 말이 들려올 때는 이 말이 전혀 남의 말로 들리지 않았다. 문제는 요즈음 와서 이런 슬픈 소식이 부쩍 늘어간다는 사실이다. 물론 이 글을 쓰는 나도 언제 이들 대열에 휩쓸려 갈지 뉘 알리.

요즈음은 컴퓨터 화면을 통해서 강원도 정선 아라리를 많이 듣는다. 정선은 옛날, 옛날 그 옛날 젊은 시절, 강원도 땅을 무전여행할 때 들렀던 산 높고 물 맑은 고을. 이 고을에서 나는 하룻밤을 묵으며 은퇴한 기생에게서 정선 아라리를 배웠다. 백양(白羊) 담배를 몇 갑 사서 가르치던 분에게 드리던 생각이 난다. 그것이 나의 등록금, 그 시절 세상인심으로 매긴 등록금이었다. "인생은 짧고 예술은 길다."는 말이 있다. 정선 아라리는 오늘날까지 그대로 있고 나는 떨어져 나간 한시(漢詩) 절구처럼 어느덧 꾀죄죄한 늙은 첨지(僉知)가 되어있다.

정선 아라리는 크게 3가지 소재로 압축될 수 있다. 첫째는 사랑하는 님에 대한 애틋한 정(情)과 그리움이요. 둘째는 가는 세월에 대한 미련이랄까 원망, 셋째는 뼈저린 가난, 삶의 진수렁이다. 병신년이 온다고 뭐가 달라지겠는가. 달빛에 목선 가듯이 우리 인생은 그렇게 가는 것. 하루 종일 웃고, 울고, 떠들고, 싸우고 지지고 볶는 사이에 우리 인생은 시나브로 늙어가는 것이다. 근하신년.

병신년 새 아침에

青峴山房主人 陶泉

닭이 가고 개가 온다

달에서 내려다보면 공만한 게 지구인데
뭣 하러 그 공위에 만리성을 쌓았던가
인간사 부질없다고 풀벌레가 웁니다

내가 좋아하는 시조인 백수(白水) 정완영의 탄식이다. 언제부터인지는 모르겠으나 나는 우리의 마음을 달래주고 어루만져주는 시조를 찾는 일에 재미를 붙이기 시작했다. 우리 마음을 보듬어준다고 생각되는 시조 한 토막과 만났다 싶을 때는 오랜 기다림 끝에 큰 물고기를 낚아 올린 젊은 낚시꾼처럼 신명이 나서 나도 모르게 콧노래가 나온다.

마음을 어루만져준다는 말은 곧 치료적인 효과가 있다는 말. 우리가 불안에 떨고 있을 때 마음을 차분히 가라앉혀 주고, 남을 미워하고 질투하는 마음으로 얼룩져 있을 때는 그 빽빽하고 강파른 감정을 순하고 부드럽게 해준다. 사업을 하든, 연인을 만나든, 시험을 치르든 목적한 것을 제대로 이루지 못했을 때는 낙심이 뒤따르고 심한 경우에는 내 존재에 대해서도 부정적 감정이 뒤따를 때가 있지 않은가. 바로 이런 때 기분을 송두리째 바꿔서 우리 가슴에 보름달 돋아 오르듯 벅차오르는 새 희망을 불어넣어주는 시조가 곧 우리 마음을 보듬어주는 시조라 할 수 있겠다.

이렇듯 시조에 마음이 잡혀있던 어느 날 ≪정완영 시조 전집≫을 뒤적이다 문득 〈만리장성에 올라〉가 눈에 띄어 붓을 잡았다. 이 시조가 마음에 들어서 당장 세인트 캐서린에 사는 김윤진 박사께 용비어천가체로 써 보내드렸다.

항해가 아니라 평생 표류만 해온 인생을 살아온 사람. 운명에 떠밀려 낯설고 물설은 여기까지 와서 보따리를 풀고, 잠잘 곳을 마련하고 아이들을 낳아 기르며 이 땅에 뿌리를 내린 것도 내 인생의 비극도 되지마는 희극으로도 볼 수 있다고 생각하며 애면글면 오늘까지 버티어 온 것이 아닌가.

위 시조가 부드러운 말로 던져주는 깊은 뜻을 진작 깨달았다면 그 아둔한 박근혜도, 간 큰 최순실도 그들에게 폭포같이 내리쏟는 세상 사람들의 비웃음과 저주를 받지 않고 그들 나름대로 재미있는 나날을 보내고 있었을 것이 아닌가. 분탕질을 해도 너무 지나치게 하다 보니 불길 앞에서 제멋대로 춤을 추다가 그 불 속에 뛰어들어 타 죽고 마는 불나비 꼴이 되고 말았다.

이 세상에 공명심이 없고 권세와 재물에 욕심 없는 사람이 어디 있을까마는 그것에 대한 향념이 너무 지나칠 때는 도리어 독(毒)이 되는 것이다. "녹은 쇠에서 나와 쇠를 먹고 욕심은 사람으로부터 나와 사람을 먹는다."는 법구경(法句經)의 말 같이 세상 명리를 위해 쫓아다니는 열성이 너무 지나칠 때는 그것이 희망이나 욕망이 아니라 야망이나 독이 되는 것이다.

닭띠 정유년이 가고 개띠 무술년이 온다. 해가 바뀐다고 달라질 것이 뭐 있겠는가. 그러나 "새해에는 뭐 좀 더 좋은 일이 생기겠지"하는 막연한 바람을 가지고 새해를 맞이해 보자. 좋은 일이 생기면 천만다행, 안 생기면 봄비 속에 황소가 뚜벅뚜벅 피곤한 발걸음을 옮겨놓듯이 묵묵히 살아갈 것이다. 근하신년.

2017 세모에

青峴山房主人 陶泉

해송(海松)

우리가 어렸을 때는 먹을 것이 귀했다. 쌀밥과 고깃국은 명절이 되어야 먹었다. 그러니 먹을 것이 귀한 환경에서 살다보니 우리의 생활은 모든 것이 먹는 것 중심으로 맴돌았다 해도 지나친 말이 아니지 싶다. 예로, 어디서 잔치라도 열리는 날이면 "오늘은 잘 먹겠구나."라는 생각이 제일 먼저 떠오르곤 했다.

늘 먹는다는 강박관념에 사로잡혀 있어서 그런지 우리 언어문화에는 먹는 것을 위주로 표현하는 말들이 퍽 많다. 예로, 여자를 건드렸다는 말을 여자를 따먹었다고 표현한다든지 뇌물을 받아서 혼자서만 가지는 행위를 독식(獨食)이라 한다라든지, 증오하는 상대방을 말할 때 "간을 꺼내서 회를 쳐 먹을 놈"이라거나 상대방을 얏잡아보는 말로 "내 양념거리"라는 말 따위다.

내 또래 사람들은 또렷이 기억할 것이다. 볏짚 속에 넣은 계란 10개, 설탕 1kg, 소고기 1근이 훌륭한 선물이 되던 때를. 얼마나 먹을 것이 귀했던 시절이었던가.

내가 초등학교에 갓 입학해서 학교에서 10리쯤 떨어진 거리에 있는 낙천(洛川)이라는 정자에 소풍(그 때는 원족이라고 불렀다.)을 간 적이 있다. 가는 길에 내 실수로 점심 도시락을 땅에 떨어뜨려 점심밥이랑 삶은 계란이 땅 위에 흩어져 버렸다. 어리고 당황한 마음에 나는 엉엉 울고 말았다. K담임선생님이 와서 내 등을 토닥거리며(성희롱!) 자기가 싸온 도시락을 먹으라고 내밀던 생각이 난다. 어허 유수 같은 세월이여 그게 벌써 70년 넘은 일이네. 우는 나를 달래던 K선생은 내 초등학교 첫 선생님. 몇 년 전에 같은 반에 있던 아이들이 나에 관해 다음과 같은 일화를 얘기해 주었다. 하루는 운동장에서 아이들과 노는데 내가 선생님 치마 밑으로 숨었다나. 선생님은 하도 놀라고 무안해서 그 자리에서 엉엉 울더라는 것. 맹세코 나는 그런 기억이 없다. 남녀칠세부동석인데 그 나이에 뭐가 볼 게 있다고 남의 치마 밑으로 들어갔겠는가. K선생은 의용군으로 자진 월북, 지금은 청진 어딘가에서 함께 월북한 예안국민학교 남자 선생님과 결혼해서 잘 살고 있다는 소문을 들었다. K선생은 올해로 85살, 얼굴조차 잊어버린 지 옛날이다.

요새는 먹을 것이 너무나 풍부한 세상. 겨울에도 봄나물을 쉽게 구할 수 있을 뿐 아니라 우리나라에서 나지 않는 온갖 과일과 채소를 맛볼 수가 있으니 참 좋은 세상이다. 다음은 조선 중기의 문신 노계(蘆溪) 박인로의 노래다.

왕상(王祥)의 잉어 잡고 맹종(孟宗)의 죽순 꺾어

검던 머리 희도록 노래자(老萊子)의 옷을 입고
인생에 양지 선호를 증자(曾子)같이 하리라

중국 진나라 때의 효자 왕상이 어머니를 위해 얼음을 깨고 잉어를 잡았고, 삼국시대 오나라의 효자 맹종은 어머니가 죽순을 먹고 싶다하여 겨울에 대밭에 나가 죽순을 구해 어머니를 봉양했고, 노래자는 색동옷을 입고 늙으신 어머니 앞에서 어린아이처럼 춤을 췄다는 고사(古事)를 말한다. '문제' 어머니들이여, 왜 하필 음식을 구하기 어려운 겨울철에 그 음식을 먹고 싶다하여 자식을 애먹이십니까?

흉년이 들어 먹을 것이 떨어지면 도적이 들끓는다. 연산군 때 문경새재에서 서울로 잡혀간 홍길동, 명종 때의 임꺽정, 숙종 때 이름을 떨치던 장길산 같은 대도(大盜)들은 실제 있었던 인물들. 그들은 잘 먹고 잘 사는 당시의 부자들만 괴롭혔지 먹을 것이 없는 가난한 사람들은 괴롭히지는 않았다 한다. 도리어 그들을 도와주는 의적(義賊)이 되었기 때문에 가난한 사람들에게는 아직까지 영웅으로 남아있다.

이긍익이 쓴 ≪연려실기술≫에는 먹을 것이 없어서 굶어 죽은 얘기도 나온다. 현종 때는 임진왜란 때보다도 기근이 더 심해서 어느 부인이 자식을 삶아 먹은 사건이 조정에 보고되었다. 이런 나라에서 1992년 새해 아침 김일성이 신년사에서 한 말이 얼마나 우리에게 절실하고 마음에 와 닿는 말인지!

모든 사람이 다 같이 흰 쌀밥에 고깃국을 먹으며 비단 옷을 입고 기와집에서 살려는 우리 인민의 세기적 염원을 실현하는 것은 사회주의 국가 건설에 당면하여 우리가 달성해야 할 중요한 목표입니다.

그렇다. 배가 고픈 사람들에게는 좌파고, 우파고, 중도고 뭐고 없다. 평화고, 핵실험이고, 문화고, 예술이고 다 필요 없다. 배부르게 먹는 게 제일 큰 소원이다.

배가 고픈 사람은 사물을 다르게 본다. 가난한 사람은 동전의 크기를 더 큰 것으로, 배가 고픈 사람은 도넛의 크기를 배가 고프지 않은 사람보다 더 크게 본다는 실험 결과가 있다. 사물을 다르게 보다 보니 생각도 다르게 할 수밖에 없다. 배고픈 사람은 마음의 자유가 없는 사람이다. 우리 어릴 적 시절을 되돌아보면 그 먹을 것이 없는 세상을 어떻게 견뎌냈나 신기한 생각이 들 때가 있다. 독재자들 밑에서 살던 시절도 마찬가지—. 냉장고 세탁기가 없던 시절을 어떻게 견뎌냈나, 지금 와서 상상해 보기란 무척 어렵다. 그러나 우리는 그 열악한 환경 속에서도 우리끼리 킬킬대며 웃고 떠들고, 생의 기쁨과 슬픔, 재미를 맛보며 살아왔다. 인간은 이처럼 끈질기고 바닷바람에 시달리면서도 절벽에 매달려 있는 한 그루의 소나무와 같은 강인한 적응력과 인내력을 가진 것이다.

(2018. 3.)

오래 산다는 것

고구려의 장수왕은 98살에 죽었는데 임금 자리에만 79년이나 있었다. 그래서 그가 죽고 난 다음에 사람들은 그를 오래 살았다는 의미에서 장수왕(長壽王)이라고 불렀다. 한편, 조선의 21대 왕 영조는 83살을 살았고, 임금 자리에는 52년이나 앉아 있었다. 조선시대에 평균 연령이 50이 채 안되었으므로 환갑만 지나도 장수했다고 야단들이었다.

그러나 지금은 평균 수명이 부쩍 늘어나서 80을 넘기고 90을 넘겨다보는 세상. 금세기 안으로 평균 연령이 100을 돈다하여 110, 120까지 갈 것 같다고 야단들이다. 나같이 연금에만 의존해서 사는 사람이야 100살을 넘게 되면 연금이 끊어질 텐데 어떻게 살란 말인가? 몇 주 전에는 내 직장 연금도 내가 83살이 되는 날로 끝난다는 소문을 듣고 당장 연금(年金)을 관리하는 회사에 찾아가서 내 연금을 93세까지 연장해 놓고 왔다. 신문 보도에 따르면 2,000년에는 100살 이상 되는 사람들이 전국에 1,000명이 넘었다고 한다.

이렇게 죽지 않고 오래오래 사는 게 모든 인간들의 염원일진데 도대체 몇 살을 살았을까? 기록을 보면 공자는 73살, 맹자는 84살, 노자는 생몰연대를 모르니 얼마나 살았는지도 모른다. 일설에 의하면 500년을 살았다 한다. 노자는 자궁에서 나올 때 이미 흰 수염과 지팡이를 짚고 나왔다고 한다(자궁에 지팡이까지 반입할 수 있는 재주라면 노벨상을 받아야하지 않겠는가). 허풍도 이정도로 떨면 도저히 미워할 수가 없다. 삼국지의 주인공 유비는 63살, 조조는 66살, 손권은 71살, 제갈공명은 54살을 살았다. 한국의 어느 철학관 원장의 예언에 의하면 도천 이동렬은 92살, 그의 본처 미석 정옥자는 93살을 살 것이란 점괘가 나왔다. 복채를 몇 푼만 더 놨어도 100살은 무사히 넘길 텐데 여간 원통한 게 아니다.

이렇게 모든 사람들이 오래 사는 것을 바라는데 죽는 것을 별 것 아닌 것으로 여긴 사람들이 간혹 눈에 띈다. 노산(鷺山) 이은상이 그의 남동생을 잃고 쓴 〈무상〉을 보면 명종 때의 선비 북창(北窓) 정렴은 44살 나이에 죽으며 남긴 글귀에 스스로 적은 것은 "선생의 목숨이 왜 이리 오래뇨(先生之壽 何其長也)?"라는 8자였다고 한다. 처지에 따라서는 30도 오래고, 10도 오래고, 하룻밤도 오래일 수 있는 것인데—.

이번에 한국에 나갔다가 서울의대 교수 Y와 점심을 같이 한 적이 있다. Y는 식사 도중 요즈음 시중에 유행하는 말 중에 상대방에게 가장 큰 모욕을 주는 악담이 무엇인지 아느냐고 농담조로 물었다. 대답 않고 가만히 있었더니 "100살까지 사십시오."라는 말이란다. 통속적으로 장수를 바라는 말과는 어긋나는 말 같아서 어리둥절한 표정으로 있으려니 그가 그 이유를 말해 주었다. 대부분 사람들은 90까지는 살 재정 능력이 되지만 100살까지 살 능력은 없기 때문에 늙어서 돈 없으면 자동차가 휘발유 떨어진 것과 마찬가지라는 것이다.

인간 역사에 오래 살아 보려고 발버둥 쳐본 사람은 헤아릴 수 없이 많다. 진(秦)나라의 시황제는 삼신산(三神山)으로 사람을 보내서 불로초를 캐어 오게도 했고, 한(漢)의 무제는 소반에 이슬을 받아 마시기도 했다고 한다. 이 모두가 사람의 목숨을 하늘에서 정해준 천명(天命)을 거역하자는 무모한 반항. 그러나 그 불로초를 먹었다는 진시황은 50을 넘기지 못했고, 이슬을 받아 마셨다는 한 무제는 71살 밖에 살지 못했다는 사실은 이들의 발버둥이 별 효과를 내지 못했다는 것을 말해준다.

노산의 말처럼 인생은 참으로 제 삶의 무상산을 헐어 짐을 져 나르는 일꾼. 그 짐을 일러 번뇌라 하고 그 짐을 마지막으로 벗는 날을 일러 죽음이라 한다. 그러니 이 땅에서 오래 머무르는 자일수록 슬프고 괴로운 자이니 "오래 사는 자는 혼미할 따름이다."는 말이 바로 그 말이다. 장자는 "오래도록 근심하되 죽지 않으니 이 무슨 괴로움이뇨(久憂不死 何之苦也)."라고 하였다. 인생 일생을 펴놓고 볼 때는 그야말로 한순간에 지나지 않는 일생이라고 볼 수 있지만 하루하루 괴로운 그날그날은 길고 지루할 것이 아니겠는가. 고려의 백운거사(白雲居士) 이규보는 "죽고 삶이 꿈 하나인데 무엇을 근심하리(死生一夢 我何憂)."라 하여 인생의 번뇌를 꿈 하나로 풀고자 하였다.

요새 나오는 죽음에 관한 생각들은 죽음을 먼 동 터오는 것을 기다리는 심정으로 살아갈 것을 권한다. "최후의 순간을 기쁨과 감사로" 받아들이던 "조용한 슬픔으로" 받아들이던 "은혜와 기쁨으로" 받아들이던 우리의 마음가짐과는 별 상관 없이 올 것은 오고야 마는 것이다. 죽고 사는 것이 꿈 하나인데 근심하거나 즐거워한다고 달라질게 무엇이겠는가. 일어나는 현상은 결국 마찬가지이니까.

(2018. 3.)

정(情)을 먹고 살다

평생을 시계 고치는 데 바친 한국의 명장(名匠) 장성원이 쓴 글을 읽다가 다음과 같은 내용이 눈에 띄었습니다.

> 사람들은 고칠 시계를 가져와서는 모두가 '시계 고쳐주세요.' 가 아닌 '꼭 좀 살려 주세요.' 라고 말한다. 시계는 그들에게 고장난 물건이 아니라 살려내야 할 대상이라는 말이다.

아무 생명 없는 물건이지만 오랜 시간 부대끼며 살아온 동안에 정(情)이 붙는다는 것을 암시하는 말이라 할 수 있겠습니다. 손목에 차고 다니는 시계에 까지 정(情)이 있음은 물론 우리가 어릴 때 가지고 다니던 연필, 연필을 담는 필통은 물론, 그 안에 든 지우개, 분도기 등 우리가 쓰던 물건 어느 것에도 정(情)이 가는 것을 보면 정(情)이란 가기만 하는 것, 주기만 하는 것이지 오는 것은 아닌가봅니다. 정은 세월과 퍽 가까운 사이에 있는가 봅니다. 사람의 몸에 시간이 흐르면 때가 끼듯 무엇이든지 나와 오래 부대끼다보면 정이 배어드는 것이지요.

별것 아닌 고향산천이 그렇게도 그리운 것은 정(情) 때문입니다. 고향산천은 우리가 거기에 살고 있을 때는 정이란 것을 별로 느끼지 못하다가 그것과 작별을 할 때 비로소 애틋한 사랑을 느끼지 않습니까. 나는 40년 전 북미 대륙에 살다가 유학 후 처음으로 고향엘 처음 갔다가 돌아올 때 울며 울며 돌아서던 기억이 어슴푸레 납니다. 경북 청도 태생의 시조 시인 이호우는 그의 고향을 떠나는 시 〈이향사〉에서 "…모르고 살아온 그 정(情) 빙 눈물이 도는구나."라고 읊었습니다.

매정한 사람이라 불리는 사람들이 가끔 눈에 띕니다. 얄미울 정도로 인정미가 없는 사람이라는 말이지요. 그럼 또 인정이란 말은? 인정이란 남을 도와주는 따뜻한 사람의 심정입니다. 사람은 본래 악한 존재가 아니라 남을 도와주는 갸륵하고 따스한 마음을 가진 동물로 시작했나 봐요,

"저 사람은 정이 없는 사람"이란 말을 많이 합니다. 세상에 정 없는 사람이 있을까요? 그것은 내가 정 없는 사람이라고 불리는 사람에게서 따뜻한 대접을 받아보질 못했거나, 나 말고 다른 사람에게 따뜻한 대접을 하는 것을 한 번도 보질 못했다는 말이겠지요. 외로운 사람도 그가 좋아하는 정인(情人)을 만나면 켜켜이 쌓였던 한(恨)은 한순간에 와르르 무너지고 온갖 정서와 회포가 쏟아져 나올 것입니다.

미국이나 캐나다 사람들은 우리 한국 사람들에 비해 정이 없는 것 같습니다. 매정하게 보이는 행동을 할 때가 많지요. 나와 함께 근무하던 북미 대륙의 사람들은 헤어질 때 우리처럼 감성적이거나 "우리 언제 다시 만날까?" 같은 것에는 신경을 덜 쓰는 것 같습니다. 같이 일하던 동료가 은퇴를 하면 이튿날부터 그 은퇴하고 나간 동료의 얘기는 거의 하질 않습니다. 퍽 오랜 기간 동안 가고 없는 동료 얘기를 하는 우리 한국과는 많이 다르지 않습니까.

우리가 얼마나 정에 매인 생활을 하는가는 우리의 먹는 버릇을 생각해 보면 알 수 있겠습니다. 예로, 한국 참외는 허니 듀(honey dew)라 불리는 과일이나 망고에 비해서 단맛이나 향기가 떨어집니다. 그러나 우리는 참외와 허니 듀가 있을 때 흔히 참외에 손이 먼저 갑니다. 참외의 맛 때문이라기보다는 정(情) 때문에, 어린 시절에 먹던 그리움 때문입니다. 참외를 먹는 것이 아니라 정(情)을 먹는 것이라고 할 수 있지요.

재판을 하는데 북미 대륙에서는 일반 시민들을 배심원으로 뽑아서 이 무작위로 뽑힌 배심원들이 토의를 해서 유죄 무죄를 결정합니다. 그러면 판사는 유죄일 경우 형량을 선고하지요. 우리나라에서는 판사가 재판 과정을 지켜본 후 유죄 무죄를 결정합니다. 그런데 한국에서도 재판 제도를 개혁한다고 요새는 일반 시민들 중에서 무작위로 배심원을 뽑아서 이 배심원들이 유·무죄를 결정한다고 합니다.

그런데 북미의 배심원 제도는 배심원들 하나하나가 남의 눈치

안보고 자기의 믿는 것을 주장할 수 있다는 것을 전제한 법률제도입니다. 우리나라는 배심원으로서 자기가 믿는 것을 씩씩하게 내놓는 시민들이 매우 적다고 생각합니다. 아시다시피 한국은 전통적인 집단 사회가 아닙니까? 집단 사회에서 자란 시민은 집단 구성원들 간에 화목과 균형을 가장 중요한 것으로 생각합니다. 내 의견으로 집단의 균형과 화목을 깨는 것은 No, No입니다. 자기의 의견이 나머지 배심원들의 의견과 다를 때는 자기의 소수 의견을 내놓는 것을 꺼려할 것입니다. 그러나 오랜 시민문화의 전통을 가진 개인주의 사회에서 자란 배심원들은 자기의 의견을 자유롭게 내놓을 수 있습니다. 정에 찌든 한국 사회에서, 개인의 독립의사를 존중하는 북미의 배심원 제도에 잘 어울릴까요?

우리는 정 때문에 울고 정 때문에 웃습니다. 둘이서 고물고물 살아가다가 부부 중 남편이든 아내든 누구 하나가 먼저 가면 살아남은 이에게 모든 것은 끝없는 외로움과 쓸쓸함, 눈물과 한숨, 회한(悔恨)과 순애(純愛) 그리고 파도처럼 밀려오는 그리움일 것입니다. 이 모두가 정(情)을 구성하는 필수요소가 아닙니까?

사람은 정(情)에 살다가 죽고, 죽어서는 살아있는 사람이 정(情)을 쏟는 대상이 됩니다.

(2017. 9.)

자리다툼

옛 인도 바라문교의 베다(Veda) 경전에 의하면 천지가 개벽한 이래 왕의 자리를 탐내어 아버지를 죽인 패륜 왕이 18,000명이나 된다고, 그러나 어머니를 죽인 왕은 하나도 없다고 한다.

왜 아버지를 죽였을까? 홧김에 우발적으로 죽인 경우도 있을 것이다. 그러나 나는 권력을 한시라도 빨리 거머쥐고 싶은데 아버지가 걸림돌이 된다고 생각해 그를 제거하는 것이 가장 빠르고 쉬운 길이라고 생각했기 때문에 죽였을 것이라고 생각한다. 손을 쓰지 않고 가만히 그대로 있다가는 왕 자리가 다른 사람에게 넘어갈 위험이 너무 크기 때문에 그런 패륜 행위를 저지르고 만 것이다.

고구려를 침공했던 수나라의 양제가 꼭 그렇다. 양제는 일초를 다투는 급박한 상황에서 임종석에 누워있는 아버지 문제를 죽이고 임금의 자리에 올라서 아버지의 연인 선화부인을 겁탈했다고 한다.

조선조에는 아들이 아버지를 죽이고 임금 자리에 오른 사람은 하나도 없다. 조선이라는 나라가 삼강오륜에 기반을 둔 엄격한 유교의 가르침 위에 세워진 나라임을 생각하면 그다지 놀랄 일은 아니다.

여하튼 아버지를 죽인 것은 아들이 얼마나 임금 자리를 자기 아닌 다른 사람이 차지하지 않을까하는 걱정보다는 이들이 나라 안에서 최고의 힘의 상징인 임금 자리가 탐이 나서 그랬겠느냐로 생각하는 것이 더 타당한 방향이지 싶다. 임금이 되면 나라 안에서는 단연 최고의 힘을 가진 사람이 되는 것. 권력은 곧 힘이고 사회력의 한 형태로서 인간의 행동양식을 지배할 힘이 될 때는 권위가 된다. 임금 자리는 최고의 힘, 최고의 권위를 뽐내는 사람인 것이다.

조선 역사에는 아버지를 죽이고 왕이 된 사람은 없으나 동기형제를 죽이고 임금 자리에 오른 사람은 있다. 조선 제3대 임금 태종 이방원이 그렇다. 그는 임금이 되기 위해서 자기 이복형제인 방석, 방번을 죽이고 나중에는 자기 동복형제인 방간을 귀양 보냈다. 패륜 임금은 이방원 말고도 또 하나 있다. 조선 제 15대 임금 광해군이다. 그는 임금 자리에 있다가 쫓겨나서 왕이라는 칭호 대신에 군(君)이라 불리는 사람이다. 그는 천신만고 끝에 임금 자리에 올랐을 때 동복형인 임해군을 죽였다. 앞으로 자기 임금 자리를 노릴 위험이 있었기 때문이다.

임금 자리에 있으면서 자기의 힘을 행사하는 데 방해가 된다고 생각하여 장차 임금 자리를 물려줄 세자의 자리에 있는 아들을 죽였다는 강한 의심을 받고 있는 패륜 임금이 하나 있다. 조선 제 16대 임금 인조다. 그는 장남 소현세자를 죽였다는 의심을 받고 있다. 비록 의심 단계에 있지만 점점 사실이라고 믿는 사학자들이 늘어난다. 나는 사학을 전공한 사람은 아니지만 여러 가지 정황으로는 내 의심이 늘어가는 데는 어찌할 수 없다. 세자를 죽였다는 공식적인 증거는 없으나 세자가 죽고 난 후에 세자의 부인, 손자 둘, 안사돈, 궁녀 수십 명을 모두 죽여 버린 것으로 보아 이들을 죽여야만 분노와 임금 자리에 대한 걱정이 사라지리라고 생각했던 모양이다. 그런데도 그는 인조대왕이라고 앞에 어질 인(仁) 자가 붙은 임금으로 불리운다. 어질기는 뭐가 어질다는 말인지 어리둥절할 뿐이다. 아무리 생각해도 정상을 벗어난 미치광이 행동! 아들이 임금인 아버지를 죽인 것이나 임금 자리에 앉은 아버지가 아들을 죽인 것은 둘다 같은 동기, 즉 권력과 힘의 끄나풀을 놓치지 않으려는 발버둥이란 점에서 마찬가지라 볼 수 있다. 소현세자를 죽인 의심을 강하게 받고 있는 인조는 청나라 문물에 매혹되어 온 아들 소현세자가 장차 청나라를 등에 업고 자기를 임금 자리에서 밀어내거나 임금으로서의 힘을 줄이려들지 않을까 하는 어리석은 걱정을 했다. 조선 제21대 임금 영조가 아들 사도세자를 죽이자는 당시 노론 세력의 압력에 따르고 만 것도 지금 그들의 말을 들어주지 않으면 앞으로 임금으로서의 힘을 제대로 행사할 수 없을 것이라는 생각에서 그랬다고 본다.

태곳적 동굴사회 때부터 개인의 신체적 힘은 무척 소중한 것이었다. 짐승을 잡고, 사냥을 하고, 외적을 물리치는 데는 많은 힘이 필요했다. 사회가 발달하면서 힘이 나타나는 형식이 달라졌을 뿐 힘을 갈망하는 인간의 집념은 매한가지. 데이트를 하는 청춘남녀가 그들이 처음 만났을 때 상대방이 무슨 얘기를 하나 하고 조사해 봤더니 남자는 현재 자기가 얼마나 크고 중대한 일을 하고 있으며 앞으로 얼마나 큰 책임을 맡을 건가에 대해서 자랑을 하더라는 것이다. 한마디로 자기는 힘 있는 사람이라는 것을 내세우려든다는 것.

온 나라의 백성을 다스리는 임금이나 초등학교에서 자기 반 대표가 되겠다고 나선 어린 후보나, 노조 위원장에 출마한 노조위원이나 모두 자신이 남의 행동이나 생각, 감정에 영향을 줄 수 있는 힘을 얻으려는 점에서는 그 동기가 같다.

예로부터 어느 문화 어느 종족을 보아도 힘이 많은 사람은 물질적 풍요나 심리적 성취감이 남보다 더 컸다. 추장은 다른 사람에 비해서 더 많은 처첩을 거느리며 더 크고 여유로운 주거 공간에서 살았다. 이런 현상은 태곳적 동굴에서부터 제트기가 날아다니는 오늘날까지 눈곱만큼의 차이도 없는 것 같다.이제 임금은 찾아보기가 힘든 세상. 아버지를 죽이고 형제 동기를 형틀에 매다는 패륜아들도 눈에 뜨이는 세상이 아니다. 그런 패륜행동과 가장 가까운 것이 있다면 유산문제로 동기 형제들이 한 푼이라도 더 차지하려고 법정에 서는 것이랄까. 그런데 이런 싸움은 먹고사는 것이 남아도는 사람들 사이에서나 자주 찾아볼 수 있는 광경. 우리 같은 소시민들 세계에서는 찾아보기가 어려운 현상이라 하겠다.

(2015. 5.)

인생길 험난함은 산도 물도 다 아니요 인정 변덕 탓일레라

行路難不在水 不在山祇在人 情反覆間

무술 세모에
도천 이동렬

나의 귀거래사(歸去來辭)

인생 길 험난함은

산도 물도 다 아니요.

인생 변덕 탓일레라.

(行路難 不在水 不在山 祗在人情反覆間)

위는 당(唐)나라의 대 시인 향산(香山) 백거이 〈태평로〉의 한 구절인 것으로 안다. 고등학교 국어시간에 배운 새옹지마(塞翁之馬)라는 말이 생각난다. 새옹지마란 인생의 길흉화복은 늘 바뀌어 음지가 양지되듯 그 변화가 끝이 없다는 말이다. 아침에 텔레비전에 얼굴을 잠시 내밀었던 명사(名士)가 저녁에 무슨 비리에 얽혀 있다는 의혹으로 경찰에 불려가는 세상. 내일 나에게 무슨 일이 일어날지 알 사람이 어디 있으랴.

지금 사는 세상이 너무 번거롭다고 생각한 옛 선인들은 한적한 전원(田園) 생활을 꿈꾸었다. 봄이면 들판 가득 피어있는 한가로운 들꽃들과 가을이면 풀벌레 소리에 마음이 애처로워지는 소위 말하는 전원생활이다. 그 좋은 예가 청록파 시인 조지훈의 한양 조씨 선대(先代)들이다. 이들 조 씨네는 조선 명종 때 문정왕후가 을사사화를 일으켜 수많은 선비들이 아무 죄도 없이 끌려가서 돌아오지 않는 혼탁한 세상을 보고 당시의 오지(奧地) 경상북도 영양 주실 마을로 삶의 터전을 옮겨와서 조용히 살아왔다. 어찌 시인 조지훈의 선대뿐이겠는가, 수많은 선비들이 경상도 봉화, 안동, 영양, 청송, 산청이나 전라도 진도, 장수 등의 오지로 스며들어 와서 전원생활, 아니면 은둔 생활을 하였다. 숨어살다시피 하면서도 그들은 학문을 게을리하지 않았다. 학문이 끊이지 않는 전통에서 조지훈도 나오고 이육사, 허소치도 나온 것이다.

사람의 운명이란 나 자신만의 힘으로 바뀌는 경우는 드물다. 대부분이 내가 가진 역량(力量)과 주위 사람들 간에 밀고 당기는 사랑과 미움, 선망과 질투, 인정의 차고 따스함 때문에 생기는 것이 아닌가.

홍진(紅塵)을 무릅쓰고 살아온 지 한 평생, 아무리 생각해도 입버릇처럼 중얼대던 귀거래(歸去來)는 말로만 끝나게 되고 말 것이다. 명종 때의 강호 시인 농암 이현보의 말처럼 귀거래를 외치는 사람은 많아도 실제 전원으로 돌아가는 사람은 드물다. 사람들로 북적대는 아스팔트 바닥이 뭐가 그리 좋단 말인가? 나 자신 귀거래를 외쳐대면서도 이 생지옥 같은 시멘트 밀림을 벗어나지 못하고 오늘날까지 살아온 것이 한(恨)이라면 한이다. 그러나 세월이랄까 천도(天道)의 순리는 시곗바늘처럼 정확해서 한 해가 가면 또 한 해가 어김없이 찾아온다. 근하신년.

2018 세모에

青峴 山房主人 陶泉

연보

- 1940년 10월 6일 경상북도 안동군 예안면 부포동 역동(易東) 외딴 집에서 아버지 이원하(李源河)와 어머니 이한석(李漢錫)의 8남매 중 4번째 아들로 태어남.
- 역동(易東)이란 이름은 고려 말의 대학자 역동 우탁("춘산에 눈 녹인 바람 건듯 불고 간 데 없다…"로 시작되는 늙음을 탄식하는 탄로가의 작자) 선생의 별명으로 그를 기려 퇴계가 세운 역동서원 유허지에 내 생가가 들어섰기에 붙여진 동네 이름이자 동시에 집의 이름.

- 호(號)는 도천(陶泉: 안동 도산 사람이라는 뜻; 일중 김충현 선생이 지어줌) 혹은 청고개에 사는 사람이라는 뜻의 청현산방주인(靑峴山房主人).

- 태어날 때 사주(四柱)를 보니 천문성(天文星)을 끼고 태어났기 때문에 평생 책이나 보며 밥을 빌어먹을 팔자로 점괘가 남.
- 50리 떨어진 안동에 가서 안동사범병설중학을 졸업. 당시 천하 수재들이 모인다는 경대사대부고에 273명 중 끝에서 스물다섯 번째의 남부럽지 않은 성적으로 합격. "안동천재"라는 별명을 스스로 붙

였으나 아무도 불러주지 않음.
- 고등학교 2학년 때 교내 영어웅변대회에 나가서 3등의 영광을 거머쥠. 이때 출전한 용사는 모두 3명.
- 특활시간에 서예부에 들어 석대(石帶) 송석희 선생께 서예를 사사. 방인근의 ≪벌레 먹은 장미≫와 최인욱, 김래성을 시작으로 한국소설 탐독. 나중에 학교 공부는 아예 밀어두고 도서부원으로 들어가 이광수, 김동인을 비롯한 한국소설과 소련을 중심한 세계 문호들의 소설을 탐독.

- 서울대학교 사범대학 교육학과에 입학.
- 2학년 올라갈 때 과(科)가 세분되는 바람에 교육심리학과로 편입. 술이나 먹고 건들거리기나 하는 백수건달, 방랑객이 되어 주유천하. 학점은 바닥에서 김.
- 3학년 때 같은 과(科) 새내기들을 위한 세미나에서 아리따운 홍일점 정옥자(鄭玉子)를 발견, 나의 Beatrice임을 즉시 선언하고 1,000번 찍기를 천지신명님께 맹세, 장기전을 준비하였으나 상대방의 허술한 방비로 인하여 뜻밖에 열 번도 안 찍어 성공. 후일 그녀와 조강지처의 인연을 맺음.
- 대학원을 다니면서 서울대학교 학생지도 연구소 연구조교.

- 종로 파고다 공원 앞에 있던 관수동 동방연서회에서 일중(一中) 김충현, 여초(如初) 김응현 선생에게 서예를 사사. 국전 입상 2회. 그때 오늘날 한국 서예계의 중진 초정 권창륜, 경후 김단희, 신계 김준섭, 백석 김진화, 현암 정상옥, 석창 홍숙호, 중관 황재국 제씨들과 같은 서실에서 붓을 잡고 글씨를 쓰는 동학(同學)의 영광을 가짐. 그러나 재주에 있어서는 내가 이들과 비교해서 제일 못하다는

것을 뼈저리게 깨닫고 내심 서예를 포기.

- 1966년, 캐나다 Vancouver의 University of British Columbia에 전액 장학금을 받고 유학길에 오름. 여비는 한미재단(Asia-American Foundation)에서 장학금을 받음. 김포공항을 떠날 때 전 재산 미화 $60, $50은 부모님으로부터의 유산, $10은 정희경 선생이 주심.

- 1967년 3월 26일, 오늘의 본처 정옥자와 결혼. 주례는 전 서울경동교회 목사 이상철, 하객은 주례와 신랑, 신부를 포함하여 모두 30명. 축의금 총액은 $72, 첫날밤은 하루 호텔비 $100이 아까워서 Vancouver시 10가(街) 622번지 Alexanko 여사 댁 지하실에서 실례.
- 1967년 12월 1일, 맏아들 미채 태어남.
- 1970년 7월 20일 둘째 아들 미수 태어남.
- 1970년에 학위를 받고 Notre Dame대학에 조교수. 방년(芳年) 29세.

- 우편엽서에 나오는 그야말로 post-card scenery, 그림 같은 호수가 내려다뵈는 대학이었으나 두메산골에 있는 마포대학이라는 생각이 들어 불만, 1973년 끝내 스스로 사표를 던지고 미국 보스턴 근처 Amherst에 있는 매사추세츠 대학(University of Massachusetts)에 Post-doc을 마치고 아내가 박사과정을 밟고 있던 Alberta대학으로 돌아와서 (불행한) 연구원 생활.
- 1975년 Alberta School Hospital(현 Michener Center)에 심리학자로 취직. 1년 후 심리과 과장으로 승진(이것이 내 평생 학교 이외의 직장에서 일해 본 처음이자 마지막이었음). 이 심리과는 심리학을 전공한 석사급 23명에 비서 둘이 있는 거대한 기관. 과장 자리

에 있는 이유로 직원들의 일시 외출허용, 비품이 있는지 없는지의 여부 확인, 게으른 직원의 훈계 및 징계 등 실로 자질구레하고 사나이답지 못한 일을 해야 하는 행정에 대한 염증과 허무를 느껴 그 기관에서의 탈출을 시도.

- 좀처럼 뜻이 이루어지지 않고 있다가 1977년 Toronto에서 Detroit 가는 길, 자동차로 2시간 거리의 London에 있는 University of Western Ontario라는 학생 2만2천 명의 대학에 발령이 남. 1977년 조교수, 1981년 부교수, 1984년 정교수.
- 1983년 안식년으로 미국 뉴욕주 Albany에 있는 뉴욕주립대학교에 방문교수.
- 평암(平岩) 이계학 교수의 주선으로 경기도 성남시 판교에 있는 한국정신문화연구원(현 한국학중앙연구소) 방문교수.
- 1984~1985년 매년 5,6월에 대구대학교 특수교육과에 와서 심리 연구법 집중강의를 하고 돌아감. 뒤주에 쌀 떨어지고는 살아도 가슴에 정 떨어지고는 못사는 세상, 대구대학교 교수들과 깊은 정이 듦.
- 1999년 9월 하나님이 보우하사 이화여자대학교 심리학과 교수로 오게 됨. 23년간 재직하던 Western Ontario대학교에서 조기 은퇴, 이로써 33년의 구름 밖 떠돌이 생활을 청산, 1999년 8월 4일 '운명아 비켜라 내가 간다.' 토론토 발 서울행 KAL072기에 오름. 2006년 2월 은퇴. 지금 이름 석 자 뒤에 붙일 것이라곤 Western Ontario대학교 명예교수(Professor Emeritus)라는 있으나 마나 한 수식어밖에 없음.

- 그밖에

a.「이동렬 연구 논문 모음」(대구대학교 특수교육 연구소)
「새내기 상담가를 위한 상담과 심리치료」(교육과학사)

b. 미국 상담심리학 학회지와 임상심리 학회지 등에 발표한 논문 50여 편이 있음.

c. 1997년 미국 심리학회(APA: American Psychological Association)에서 발간되는 상담심리학 학회지(Journal of Counseling Psychology)에 발표된 1978-1992년 13년 동안 세계에서 상담 과정(process of counseling)에 대해서 가장 연구를 많이 한 사람 20명 중 이 불초소생의 이름이 오름. 에헴!

d. 전공 이외의 저서

≪남의 땅에서 키운 꿈≫, ≪설원에서 부르는 노래≫, ≪흐르는 세월을 붙들고≫, ≪청산아 왜 말이 없느냐≫, ≪향기가 들리는 마을≫(선집), ≪세월에 시정 싣고≫, ≪꽃 피고 세월가면≫, ≪바람 부는 들판에 서서≫, ≪산국화 그리움 되어≫(100인 선집), ≪주머니 속의 행복≫, ≪꽃 피면 달 생각하고≫, ≪꼭 읽어야 할 시조 이야기≫, ≪청천 하늘엔 잔별도 많고≫, ≪청고개를 넘으면≫, ≪꽃다발 한 아름을≫(세종 우수도서), ≪산다는 이유 하나로≫

e. 1998년 한국현대수필문학상, 2011년 민초문학상, 2018년 김태길 수필문학상을 받음.

f. 1985년 취미로 시작한 색소폰(saxophone)에 재미를 들여 아직까지도 레슨을 받고 있음. 〈이동렬 색소폰으로 듣는 한국 가곡의 밤〉 2회. 좋아하는 음악의 장르(genre)는 한국가곡과 봉짝 트로트. 그러나 2018년 현재 기운이 없어서 피식피식 바람 빠지는 소리가 자주 들림.

g. 젊은 시절 일중(一中) 김충현, 여초(如初) 김응현 선생께 서예를 배움. 대한민국 미술 전람회(국전)에 입상 2회. 동방 연서회 회원. 작품으로는 경북 안동군 이육사(李陸史) 문학 기념관에 시비(詩碑) 〈광야〉, 퇴계(退溪) 공원에 시비 〈수천(修泉)〉, 강원도 홍천군 물

걸리 척야문화공원에 시비 〈나라사랑〉, 청강대학에 노래 〈우리의 소원은 통일〉 작사자인 안석영 노래비, 그리고 이화여자대학교 도서관에 〈계상수생(溪上水生)〉, 〈낙동강〉, 서울대학교 사범대학에 〈교사의 상〉 등이 있음.